O Príncipe dos
Lugares Perdidos

Kathy Hepinstall

O Príncipe dos Lugares Perdidos

TRADUÇÃO
M. Albertina Jeronymo

2004
EDITORA BEST SELLER

Título original: *Prince Of Lost Places*
Copyright © 2002 by Kathy Hepinstall
Licença editorial para a Editora Nova Cultural Ltda.
Todos os direitos reservados.

Coordenação editorial
Janice Flórido

Editores
Eliel Silveira Cunha
Fernanda Cardoso

Editoras de arte
Ana Suely S. Dobón
Mônica Maldonado

Revisão
Calvin Carruthers

Editoração eletrônica
Dany Editora Ltda.

EDITORA NOVA CULTURAL LTDA.
Direitos exclusivos da edição em língua portuguesa no Brasil
adquiridos por Editora Nova Cultural Ltda.,
que se reserva a propriedade desta tradução.

EDITORA BEST SELLER
uma divisão da Editora Nova Cultural Ltda.
Rua Paes Leme, 524 – 10º andar
CEP 05424-010 – São Paulo – SP
www.editorabestseller.com.br

2004

Impressão e acabamento:
RR Donnelley América Latina
Fone: (55 11) 4166-3500

*A Grace Peddy Cooley,
escritora,
tia querida
e amiga da literatura*

Agradecimentos

Meus agradecimentos a Maria Massie, Alexis Hurley, Jeremy Ellis, Robert Keane, John Evans, J. Michael Kenny, Kathy Patrick, Terry Brooks, Judine Brooks, Anna Jardine, Lionel Bourge, Stacy Creamer e Phyllis Grann. Obrigada a todos os representantes da Putnam, especialmente aos meus amigos Mary Ann Buehler, Michael McGroder, Raylan Davis e Jon Mooney. Agradeço também a Aimee Taub, cuja edição brilhante aperfeiçoou muito este romance.

Polly Hepinstall, Becky Hilliker, Anne Young, Liz Erickson e Robyn Komachi leram esboços preliminares, e agradeço-lhes pelos comentários e apoio.

Lee Wilson foi muito gentil certa vez com uma mulher numa livraria. Obrigada, Lee, por momentos como aquele.

Depois que eu me for, vocês estudarão minha vida em busca de resposta para o que fiz. Conversarão com meus vizinhos e lerão minha correspondência por abrir. Estarão perdendo seu tempo. Em vez disso, perguntem às crianças. Se eu pudesse, teria levado cada criança comigo.

Não tenho arrependimentos.

Capítulo I

O detetive odiava quando as pessoas olhavam para seu rosto. Um olhar de esguelha e, depois, outro, mais longo, diretamente para a cicatriz. Avermelhada, no formato de uma folha. Ele tivera uma briga num bar certa noite, completamente embriagado, e alguém o esfaqueara no rosto. Geralmente, usava barba para encobrir a cicatriz, embora a raspasse de vez em quando, esperando que os olhares das pessoas tivessem voltado ao normal. Contudo, ali estava outro homem, na soleira da própria porta, abalado pela dor e pela preocupação, mas ainda se permitindo um olhar curioso antes de desviá-lo.

— Você é o detetive? — perguntou o homem.
— Sim.
— Sou David Warden.

O homem à porta tinha cabelos escuros e era atraente, o rosto com a barba curta de alguns dias. O detetive apertou-lhe a mão e seguiu-o até a sala de estar. O homem não o convidou a sentar, mas, em vez disso, diminuiu o passo e colocou-se de lado. O detetive estava acostumado a pessoas que agiam daquele jeito, submetendo-se a ele, como se pudesse determinar o paradeiro de um ente amado com base no ângulo das venezianas, nas imperfeições do lambrisamento na parede, na cor de um abajur. Ele obsequiou o homem, andando pela sala, olhando para a lareira e para os sofás de azul intenso, para a cortina de chintz, que se mantinha imóvel na janela. Um único quadro tomava metade da parede acima da cornija da lareira. Retratava um vasto litoral, um oceano revolto, uma esfera de sol num canto superior que derramara uma gota de amarelo no mar azul, deixando uma profusão de verde. Bem na distância da pintura ele notou a minúscula figura de um cavalo e de seu cavaleiro.

— Martha comprou isso — disse o homem — numa daquelas feiras de artistas varados de fome. Costumava sentar-se aqui de manhã, tomando chá e olhando para o quadro. Eu mesmo não o aprecio muito.

O detetive meneou a cabeça, meteu as mãos nos bolsos das calças e absteve-se de comentário. Com a ponta dos dedos, tocou uma velha embalagem no fundo do bolso.

O homem virou-se e conduziu-o até a cozinha, onde a pia estava abarrotada de louça; correspondência transbordava de cima da mesa; e a secretária eletrônica piscava com sua luz vermelha intermitente.

— Desculpe a bagunça — falou. — Não levo muito jeito para a vida de solteiro.

O detetive deu de ombros em resposta, mas seus olhos registraram tudo, mesmo enquanto ouvia a ironia e ligeira ponta de raiva na palavra "solteiro". A desordem na cozinha de um autêntico solteiro tinha o ar de permanência e, se a louça se empilhava na pia, ela possuía uma estabilidade inerente, como estátuas ou árvores. Ali, porém, panelas ainda se achavam no fogão, empilhadas umas em cima das outras, emanando o aroma de *chilli* seco. Aquele homem provavelmente mantinha o escritório meticulosamente organizado. Mas devolver ordem ao lugar que a esposa antes dominara seria o primeiro passo da aceitação; o homem se encontrava longe de tal estado de espírito.

O detetive seguiu-o pela sala de jantar, dobrando até a escadaria de mogno e encaminhando-se ao segundo andar. O homem parou diante do quarto ao final do corredor.

— Este é o quarto do meu filho.

— Duncan?

— Sim.

A cortina da janela estava aberta, e o sol banhava a colcha da cama de solteiro junto à parede oposta. Era o quarto típico de um menino, uma coleção de bichos de pelúcia, pôsteres e jogos de computador. Caixas de quebra-cabeças empilhavam-se sobre uma mesa plástica cor de laranja; uma figura de ação, encimando a caixa do alto, brandia um cetro laranja.

O detetive abriu a porta do armário e estudou o conteúdo.

— Ela levou roupas dele?

— Algumas. E uns poucos brinquedos. Não sei se ela levou alguns dos soldados de Duncan. Ele tinha tantos. — O homem abriu uma gaveta e tirou dali um punhado de pequeninas figuras verdes. — Aqui — falou, como se elas fossem prova de algo. — Aqui, aqui. — De repente, atirou-as de encontro à parede. Caíram no chão em várias poses.

O detetive não disse nada.

— Ela está doente — declarou o homem. — Perdeu a lucidez. Não está em condições de ficar perambulando por sabe-se lá onde. — Recolhendo os soldados de brinquedo, tornou a guardá-los na gaveta.

Ambos atravessaram o corredor até o quarto de casal, que era grande e escassamente decorado: pouca mobília de pau-rosa, um par de abajures, um tapete de lã. O detetive tocou a beirada do tapete com a ponta do pé, enquanto o homem se sentava na cama.

— Não posso acreditar que eles se foram — disse, a voz falhando. — Quero dizer, num minuto todos estão aqui. E, então você acorda numa manhã e... é isso. É algo que faz com que você se questione sobre Deus. Acredita em Deus, detetive?

O outro homem deu de ombros e adiantou-se até a mesinha-de-cabeceira, de onde pegou um porta-retratos.

— Quando esta foto foi tirada? — perguntou.

— Três meses atrás.

Ele observou a foto e viu outra versão do homem a sua frente. O sorriso era sereno e confiante. Os cabelos meticulosamente penteados, a gravata reta. A mulher ao lado dele era bonita e de compleição pequena. Estava com o rosto um tanto virado de lado; os olhos brilhando. Nada em sua expressão sugeria um plano para abandonar o navio, deixar a casa vazia, desvanecer-se, desaparecer. E o menino. Seu corpo inclinando-se ligeiramente. Suas mãos voando em ângulos estranhos. A boca aberta, apanhada no meio de algum comentário alto e risonho, destinado a frustrar o obturador no momento da perfeição. Dois segundos depois de aquela foto ter sido tirada, ele já saltara do colo da mãe e se encontrava do outro lado da sala, lançando-se na direção de algo mais interessante. O detetive lembrou-se de ter levado o próprio filho para fotos de família, anos antes. Para os meninos, retratos eram uma versão reduzida da igreja. Entediantes, com uma reverência dirigida a algo invisível.

Ele colocou o porta-retratos de volta no lugar.

— Precisarei verificar os papéis de sua esposa... quaisquer cartas, diários. Antigas receitas médicas. Cheques cancelados. Cartões de crédito. Precisarei dos registros telefônicos do último mês e talvez do penúltimo. Saber onde ela trabalhava. Seus hábitos. Terei de conversar com os amigos dela. Obter uma descrição completa do veículo, pneus, modelo de luz traseira, adesivos do carro, tudo isso.

O homem meneou a cabeça, mas pareceu ressentido, como se tivesse deixado um estranho segurar-lhe o queixo e estudar seus olhos marejados.

— Você era policial?

O detetive ficou tenso. Talvez David Warden conhecesse algo de sua história. Talvez estivesse tentando equiparar um pouco as coisas. Perda por perda.

— Sim, eu era. Alguns anos atrás.

— Por que se tornou detetive particular?

Ele não respondeu.

— Ouvi dizer que você é bom no que faz. O melhor. Ouvi que tem uma surpreendente compreensão da natureza das pessoas. Que é um camaleão quando está num caso.

— Talvez. Mas nunca me tornei de uma cor que minha ex-mulher pudesse apreciar.

O homem não sorriu.

— Não o estou contratando apenas para encontrá-la. Precisa trazê-la de volta. Não me importa quanto custará, nem o que você terá de fazer. Eu o estou contratando porque soube que é o melhor.

O detetive pensou na mulher da foto e no menino. Irradiavam tanta vitalidade. Não era de admirar que a casa parecesse sombria sem ambos.

— Ela é bastante frágil — comentou o homem. — Era uma boa mãe. Ainda é, da maneira como vê as coisas. Eu a amo. Você já amou alguma pessoa louca?

O homem tremia. Falava depressa demais, as palavras se atropelando. O olhar parecia desfocado.

— Não sei se já amei alguma pessoa louca — respondeu o detetive, enfim. — Quando estou apaixonado, acho que eu mesmo enlouqueço bastante.

Capítulo II

Eu havia pensado que me sentiria de maneira diferente ao observar aquela velha perua queimar. Meu marido, David, comprara-a usada, seis anos antes, depois que Duncan nascera. Fora um bom carro para nós, e eu jamais poderia ter imaginado que ficaria parada ao lado do meu filho no meio do deserto, observando as chamas, sob luz das estrelas tão intensa que eu poderia ver os assentos enegrecendo. Acho que, como esposa, me senti um tanto culpada, mas, como mãe, a sensação foi de euforia. Eu havia embebido folhas de jornal em gasolina, colocado-as no banco da frente e ateado-lhes fogo, enquanto meu filho ficara observando de uma distância segura. Depois corri, ofegando, sem saber se as chamas se alastrariam pelo carro inteiro, ou se a coisa toda explodiria feito uma bomba e me lançaria no ar, acima dos cactos *cholla* e das figueiras-da-índia. Quando alcancei Duncan, o fogo ardia intensamente. Ele estava imóvel. Pensei que me perguntaria o que eu estava fazendo, mas não o fez. Era provavelmente a única pessoa que restara no mundo que ainda confiava em mim. Sentei-me de pernas cruzadas no chão fresco do deserto, coloquei-o no meu colo e juntos observamos o fogo se alastrar pelo carro. Quando o tanque de gasolina explodiu, a parte detrás da perua ergueu-se, como se estivesse dando pinotes num rodeio repleto de carros de famílias sensatas, e Duncan soltou um único grito alto que não continha medo... foi mais como um grito de guerra, na verdade... e eu soube que ele jamais tivera tanto orgulho de mim. Eu destruíra algo grande e de uma maneira igualmente grandiosa. O pai poderia tê-lo levado a um milhão de jogos de beisebol e jamais ter alcançado o mesmo efeito. Senti o coração dele batendo depressa através do meu corpo, o vento soprando o cheiro de gasolina na nossa direção e logo atrás o doce aroma de flores do *creosote*[1]. Eu sempre achara que a palavra *creosote* estivesse relacionada com algo expelido por chaminés de fábricas. Aparentemente, porém, também é o nome de um arbusto do deserto. O velho, meu parceiro de conspiração, dissera-me uma vez que ali no deserto o cheiro do *creosote* paira no ar depois de uma chuva de verão. Se algum dia tornasse a encontrá-lo, eu lhe diria que um incêndio criminoso era capaz de liberar aquele mesmo odor.

Quando o fogo perdeu sua força, cinzas começaram a flutuar do veículo destruído, voando em círculos acima de nossa cabeça e caindo sobre nós. Minhas roupas enegreceram aqui e ali, e quando esfreguei o rosto, espalhei mais cinzas pela pele.

Em Ohio as pessoas pensavam que eu fosse louca. Médicos, vizinhos e até meu marido, o qual, naquele momento, estaria sem dúvida envolvido em algum plano para tentar me localizar.

Mas as histórias de minha loucura eram mentira. Eu estava completamente lúcida.

---

[1] *Creosote*. 1. Um dos arbustos pertencentes ao chaparral (*Larrea Tridentata*), vegetação xerófila que habita o norte do México e o sudoeste dos EUA, ao lado de plantas suculentas, como as cactáceas. 2. *Creosote*. Creosoto: fração da destilação do alcatrão, formada por hidrocarbonetos, fenol e outros derivados aromáticos.

* * *

    Séculos atrás, o rio Grande fora forte e selvagem; lutara contra pedra calcária a caminho do mar e, então, aquietara-se, ficando dócil o bastante para nosso bote de borracha. Aquele era nosso segundo dia no rio. Meu filho recostava-se do lado oposto do bote, olhando para mim enquanto eu remava. Nas paredes do cânion a minha volta, vi a decoração de uma plácida primavera: urtigas brotando por entre as rochas, *ocotillo*[1] e ninhos de barro cheios de filhotes de andorinhas norte-americanas. A maioria das flores era-me desconhecida e, apesar de dona de uma floricultura, havia poucas espécies paralelas nas quais eu pudesse pensar em Ohio. Duncan cantarolava uma música. Não pude entender direito a melodia, alguma canção breve que ele aprendera de algum comercial na tevê, ou um ritmo *Tejano* que ouvira no rádio do carro quando tínhamos rodado pelo Texas à noite.

    Entramos por um golfo estreito entre dois cânions altos, um manto de sombra caindo brevemente sobre o bote antes de o rio ter feito uma curva, e de flutuarmos de volta para o sol. As corredeiras rasas carregaram-nos de uma margem a outra, fazendo-nos bater de encontro ao Texas e, depois, ao México.

    — Não é surpreendente, Duncan? — comentei. — Dois países totalmente diferentes e apenas a poucos metros um do outro.

    — Eu quero descer! — suplicou ele. — Quero ir ao México!

    — Não, querido, não poderemos parar por algum tempo.

---

1 *Ocotillo*: (*Fouquieria splendens*). Planta arbustiva e espinhosa, de flores vermelhas, originária do deserto, que ocorre no sudoeste dos EUA e norte do México.

Duncan olhou tristemente para a margem estrangeira a menos de cinco metros de distância. Estiquei meu pé descalço e toquei-lhe o joelho.

— Você não está entediado, está? Quero dizer, você deveria estar sentado na escola neste momento. Aprendendo frações, ou talvez a soletrar, ou pintando uma vaca, ou algo assim. Isso teria sido realmente entediante, não? Mas você é especial. Tem a chance de navegar por um rio com sua mãe. Quantos meninos de sua idade podem fazer isso?

— Nenhum, mas o pai de Tommy tem uma fazenda.

— Ouvi dizer que a fazenda está com a hipoteca sendo executada.

— O quê?

— Nada. Mas você está se divertindo, certo?

— Sim, mamãe. — As covinhas dele estavam tão acentuadas que fizeram com que eu me sentisse ainda mais culpada. Eu mentira para meu filho. Não fora uma pequena mentira inocente, porém uma tão ampla quanto aqueles desfiladeiros. Mas a cor voltava ao rosto dele; aos poucos. Parecera tão pálido em Ohio.

— Estou preocupada com ele — dissera eu a David alguns dias depois da tragédia.

— Estou preocupado com você — respondera ele. — Muito, muito preocupado.

— E se ele estiver abalado, David? Traumatizado para a vida toda? Como posso ajudá-lo depois do que ele viu? — Eu tentara lavar a louça enquanto falava. Tivera as mãos trêmulas. Sentira algo me ferindo e, quando tirara as mãos da água, vira o nó de um dedo sangrando. Meu marido se aproximara por trás de mim, pegara meu braço e o segurara no alto, enquanto o sangue escorria.

— Está tudo bem — havia sussurrado em meu ouvido enquanto me guiava até o banheiro. — Fique calma. Racional.

Aquele era meu estado de calma. De racionalidade. Eu havia abandonado David e seus conselhos, voltara-me para um rio e seu curso até o meio do nada.

— Mamãe! — exclamou meu filho agora, e eu segui a direção de seu dedo apontado. A cabeça de uma pequenina andorinha apareceu na abertura redonda de um ninho de barro. — É um filhote de ave! — Duncan tentou se levantar.

— Sente-se, querido! Aquela é uma andorinha. Você sabia que aves gigantescas costumavam voar acima deste rio e que suas asas eram grandes o bastante para se esticar de ponta a ponta da nossa piscina de casa?

Duncan ficou com os olhos vidrados. Cobriu o rosto.

— Essas imensas aves não existem mais, meu anjo — apressei-me a dizer. — São fósseis agora. Fósseis não podem ferir você.

Eu havia arrumado nossas coisas cuidadosamente. Tinha cantis e cobertores térmicos. Uma corda de polipropileno. Colchonetes, roupas de lã, tabletes de iodo, comida desitradata, roupas de tecido resistente, tesoura, barbante, uma vara de pesca, um baralho de cartas Old Maid e um estojo de choque anafilático. Eu tinha um fogão portátil Coleman, um antigo relógio de bolso quebrado; dois velhos sacos de dormir Hollofil, uma faca de caça, lanternas elétricas, lanternas de carbureto, beterrabas enlatadas, barras Mars, música de John Denver, fósforos e presunto enlatado Spam. Levara também um aparelho de CD portátil que funcionava a pilha. E uma mochila repleta de não outra coisa senão velas de longa duração. E eu tinha instruções de como seguir por aquele rio, sussurradas a mim por um velho e gravadas na memória. Durante o dia anterior e metade daquele, eu havia procurado pontos de referência. Uma área de pesca do lado do Texas. Uma ilha estreita que dividia a corrente em dois canais. As ruínas de uma casa de bombas, onde uma escada de mão ainda estava afixada, vários de seus degraus faltando. Petróglifos num arroio seco. Uma curva bastante acentuada no rio. Um cânion no qual dois seixos, no formato de cabeça de vaca, criavam uma corredeira de classe dois.

— Temos tudo o que precisamos, filho — falei a Duncan, confiante, minha voz talvez um pouco alta demais, minhas palavras um tanto apressadas. — Temos nossa própria comida e também poderemos comer coisas da própria terra. Bagas de junípero, flores de iúca e polpa de agaves.

— Quero espaguete.

— Duncan, você terminará sua polpa de agaves, ou não ganhará sobremesa.

Ele me encarou.

— Isso foi uma piada — esclareci.

Meu filho me abriu um sorriso que significou que minha tentativa de humor, não o humor propriamente dito, era divertida. Removeu, então, o suor do rosto.

Duncan deveria estar assistindo a sua aula do primeiro ano naquele momento, que não era mais dada no prédio principal, mas numa construção anexa feita de estanho corrugado, logo além do lado oeste do *playground*. Quando os professores escreviam no quadro-negro, o som ecoava através do estanho e, quando as crianças saíam para o recreio, tinham de correr apenas três metros para chegar até o brinquedo de barras.

Por todo o país, alunos de primeiro ano escreviam em suas carteiras. Professores andavam de um lado ao outro das salas de aula. Os de ginástica tocavam seus apitos. Zeladores empurravam baldes de água e sabão lentamente pelos corredores. E o cheiro dos baldes era vagamente o dos hospitais. Ele penetrava até as salas de aula. As crianças sentiam-lhe o cheiro e pensavam em dias de doença, umidificadores e refrigerante à base de gengibre.

E meu filho era um gazeteiro, descendo o rio comigo.

Um dia, no outono anterior, quando as aulas ainda eram ministradas no prédio principal, alguém da escola de Duncan me telefonara. Ele havia caído do brinquedo de barras e aberto um corte no queixo. Eu me apressara a ir buscá-lo e levá-lo ao médico, um homem de rosto jovial, os óculos escorregando constantemente por seu nariz. Ele dera três pontos no queixo de Duncan e sorrira diante de sua história. Meu filho lhe contara que estivera disputando corrida com três outros meninos para ver quem conseguiria chegar ao alto do brinquedo de barras primeiro. Um grupo de crianças se reunira para assistir. Duncan fora o primeiro a subir no brinquedo. Vencera.

— E você caiu? — perguntara o médico.

— Não. Não naquele momento.

Ele caíra quando se virara para ver se estivera sendo observado por Linda, a menina da casa vizinha à nossa. No consultório daquele médico, decorado com pôsteres dos Muppets, eu imaginara a cena. Duncan virando-se para avistá-la em seu momento de triunfo, os dedos escorregando, os joelhos caindo por entre as barras, o mundo virando de ponta-cabeça e os dentes batendo, enquanto o queixo colidia com metal. Isso é o amor, filho. Já arruinou muitos *playgrounds*.

— Linda estava observando você? — perguntara o médico.

— Não. — Duncan baixara a cabeça, os pontos dando-lhe o ar de um menino mais velho, mais experiente. — Ela estava vendo uma brincadeira nos escorregadores.

De volta ao rio, meus músculos começavam a doer por ter remado o dia todo. A água se acalmara, e meu filho dormia, o rosto apontado para as nuvens que se moviam acima, os cílios longos e loiros. Eu mesma mal havia dormido, tomada pelo medo de que meu marido nos seguisse.

O trabalho de David era procurar petróleo. Era bom naquilo. Era capaz de encontrar petróleo num jardim zen. Por todo o escritório de nossa casa, havia fotos dele. Usando um capacete na Argélia, parado na chuva em Dubai, encontrando-se com o presidente das Filipinas. David parecia imponente, as mãos para trás, a expressão educada. Ele não gostava tanto assim de troca de amenidades. As pessoas o entediavam, eu achava. Eu costumava olhar para as fotos quando ele estava ausente, imaginando-me naqueles lugares exóticos.

Eu sabia que ele não estava mais procurando petróleo, mas a nós e, por mais cuidadosamente que eu achasse que encobrira nossos rastros, estava preocupada com a tarefa de despistá-lo. Imaginei-o andando de um lado ao outro de nossa cozinha, falando insistentemente ao telefone, interrogando um vizinho ou a adolescente que me ajudara na floricultura. Na mesa da cozinha, haveria pires, pratos e pedaços de papel nos quais David teria escrito anotações, pistas e teorias. Eu teria adorado ver meu marido naquele bote conosco, usando *short* de algodão, os pés descalços. A presença dele ali, porém, teria requerido sua sanidade mental, a qual se fora, talvez para sempre.

Duncan acordou enquanto passávamos por um arroio cujas paredes secas continham fósseis de ostras gigantes, os quais fora aconselhada a procurar, um sinal de que estávamos bastante próximos da caverna. Carriços[1] enfileiravam-

---

1 Carriço. Pelo espanhol *Carrizo*: (*Carex arenaria*). Planta da família das ciperáceas (a mesma do junco), que cresce em áreas ribeirinhas e litorâneas.

se ao longo do rio. Entre as plantas dos carriçais e as paredes do cânion estendia-se um trecho de terreno rochoso, revigorado por árvores *mesquites*[1]. Senti uma brisa de encontro ao rosto e lembrei-me de uma velha canção de John Denver, algo sobre flores e a sabedoria das crianças.

— John Denver era um gênio incompreendido — falei ao meu filho. — Como o seu herói, Barney.

— Eu odeio o Barney! — gritou ele com súbita veemência. Duncan estava na idade em que lamentava profundamente adorar Barney e preferia não ser lembrado das horas que já passara diante da tevê, maravilhado.

— A quem você adora agora?

— Você. — Ele sabia que dissera a coisa certa, a coisa perfeita entre mãe e filho, e agarrou seus pés e balançou-se de encontro à lateral do bote, satisfeito consigo mesmo.

— Você é bom. — Eu podia sentir os horrores de Ohio me deixando, enquanto os paredões de cânion do Texas e do México nos ladeavam, como pais protetores, um casamento misto que produzia vento fresco, vegetação arbustiva, água veloz e cinabre.

Os perigos do deserto eram antigos. Inundações súbitas, escorpiões, cascavéis, ulcerações causadas pelo frio, pedras soltas, leões da montanha, insolação, os espinhos dos cactos, as pontas afiadas da *lechuguilla*[2]. Durante séculos as mães locais tinham sabido o que enfrentar. Não eram surpreendidas como as mães em Ohio. Eu ensinaria meu filho a ser cuidadoso. Diria: "Duncan, tome cuidado com folhas de cinco pontas e cobras com cabeças semelhantes a pás.

---

[1] *Mesquites*: nome de variedades de arbustos e árvores, da família das leguminosas, que crescem no México e sudoeste dos EUA.
[2] *Lechuguilla*, do espanhol. Planta de talos suculentos, encontrada na região arbustiva do deserto de Chihuahuán.

Não ponha as mãos em lugares estranhos. Não importune criaturas que se aquecem sobre as pedras. Beba muita água e jamais durma num curso de água seco. Você entendeu, filho?".

E ele menearia a cabeça.

Era um bom menino, na maior parte do tempo. Tão tímido em sua paixão por Linda que partira meu coração ver aquilo. Mesmo aos seis anos de idade, ela tivera predileção por vestidos diáfanos, delicados, levando para todo lado a mesma bolsa revestida de madrepérola. Dona de um rosto de anjo, cabelos loiros e soltos e um jeito de andar que demonstrava a crença de que o mundo podia ser facilmente conquistado; era um lugar vasto e estúpido apaixonado por meninas bonitas, e as recompensas eram intermináveis. Ela costumara desfilar para cima e para baixo pela calçada, empurrando um carrinho cheio de bonecas Knickerbocker. Nas ocasiões em que empurrava demais e o carrinho virava, seus gritos graciosos levavam Duncan a sair correndo de casa para fazer o resgate das bonecas, enquanto ela ficava parada por perto, berrando-lhe ordens. Eu quis, mais de uma vez, dizer ao meu filho para não sucumbir por meninas feito aquela, avisá-lo de que Linda e suas bonecas eram sinal de problemas, de que ela sempre seria a chefe, e ele o empregado.

Duncan possuía um grupo de soldados com o qual sempre brincava no quintal, dividindo-os em pelotões, enviando-os em missões secretas. Eram homens corajosos, estóicos em suas posturas fixas, uma tarde toda se passando durante o avanço deles, centímetro por centímetro, pelo quintal, transpondo poças, folhas de pinheiro e brinquedos esquecidos. Linda costumava aparecer em seu vestido de gaze para interromper as brincadeiras dele, parando o exército e designando aos soldados tarefas de sua própria escolha, em nada relacionadas com batalhas. Certa vez até pegou uma tesourinha de unhas e cortou os braços de um soldado, retirando-lhe as mãos de plástico e a arma empunhada também.

— Veja o que você fez! — protestou Duncan. — Ele não pode lutar!

— Ele estava cansado de lutar — respondeu Linda calmamente. — Agora, quer dançar.

Eu me perguntava por que meu filho não conseguia se defender. *Coloque aquele soldado aqui*, Linda costumava dizer, *e aquele outro ali adiante. Faça com que os soldados protejam minhas bonecas.* Às vezes ela se interessava por um dos homens de plástico, colocava-o em sua bolsa de madrepérola e o levava para casa para ficar capturado em sua mesa cor-de-rosa ou no fundo do guarda-roupa. Houve uma ocasião em que eu tive de ir à casa ao lado explicar à mãe de Linda que o batalhão de Duncan fora tão assolado por roubo que se tornara incapaz de proteger seu flanco.

O bote bateu em outro seixo rolado, sobressaltando Duncan.

— Está tudo bem, meu amor. Estamos quase chegando. Eu trouxe três de seus soldados. Sabia que você iria querê-los.

Ele cruzou os braços e baixou os olhos.

— Qual é o problema, querido?

— Nada.

— Sente a falta de seu pai? — Meu coração disparou com a pergunta.

— Ainda não. — Duncan estava acostumado às ausências do pai. Eu me perguntava se ele era diferente dos outros meninos pelo fato de o pai ter se ausentado tanto de casa. Talvez algo na maneira como um pai pegava seu filho e lhe fazia cócegas na barriga instigasse a confiança necessária para evitar que soldados de brinquedo fossem roubados por uma menina loira.

— Sinto falta de Linda — disse Duncan. Seus olhos encheram-se de lágrimas, e dei-me conta do meu erro. A menção aos soldados o fez lembrar-se dela, aquela pequena e bela ladra loira.

— Oh, querido. — Deixei o remo de lado e estendi a mão para tocar o rosto frio dele.

Linda morrera havia quase três semanas.

Capítulo III

Eu possuía uma floricultura a cinco quadras de casa, num conjunto de estabelecimentos que também abrigava uma loja de iogurtes, uma tinturaria e uma mercearia. Nesta, vendiam-se pequenas alcachofras que pareciam inofensivas feito pardais, mas sempre me espetavam quando eu as tocava. Um senhor de idade ia até minha floricultura semanalmente e comprava cravos. Vivia sozinho. Não apenas uma, mas duas esposas haviam morrido em seus braços, e agora ele preferia uma braçada de tulipas, as quais levava para casa e arrumava num vaso cheio de água com aspirinas. Elas o ajudavam a lembrar do riso peculiar, alegre, da primeira esposa, ou dos robes florais da segunda, que lhe cobriam os joelhos mas não a marca de nascimento na panturrilha. Se olhasse por tempo o bastante para as flores, conseguia se lembrar de certas cenas: um piquenique num dia de primavera, gelo seco ajeitando-se em torno de uma lata de sorvete, uma pêra amadurecendo, uma única gota de leite morno deixando o bico da mamadeira de um bebê e deslizando pelo pulso.

Ele tinha uma teoria de que nossos entes queridos não morrem sozinhos; nós os deixamos morrer. Violamos alguma regra. Talvez isso aconteça quando você raspa uma cenoura mais do que o necessário e uma lasca perfeita do legume cai na pia. Nunca se sabe, dizia ele.

Obviamente, o velho era louco, ou assim pensava eu. Certa vez, quando eu cobrava o valor de seu pedido, ele olhou para algumas flores cor-de-rosa detrás da porta de vidro do refrigerador e comentou:

— Já vi cobras cor-de-rosa.

— Cobras cor-de-rosa? — repeti eu, números claros aparecendo na caixa registradora. — Nunca ouvi falar de uma coisa dessas.

— Elas são como chicotes de cocheiro. Você pode encontrá-las estendidas na estrada, no Texas, perto da fronteira. Parecem-se com doces, são tão rosa.

— No Texas? Você morou lá? — perguntei-lhe.

— Morei perto do rio Grande, no deserto de Chihuahuán, numa caverna. — Ele alisou o papel amassado em torno das tulipas. Gostava delas com ráfia. — Fui para lá depois que minha segunda esposa morreu.

— Por quanto tempo viveu lá?

— Dois anos.

— Mas por que iria querer viver numa caverna?

O velho não respondeu de imediato, ocupando-se em reatar as fitas em torno das flores.

— Você ficaria surpresa em ver como é fácil.

— Por que você voltou?

— Minhas esposas brigavam constantemente uma com a outra. Tinham ciúme.

Eu pisquei.

— Pensei que suas esposas tivessem morrido.

Ele abriu um sorriso.

— No deserto, todas as coisas são possíveis.

Eu pensei no velho viúvo durante todo aquele dia, tentando imaginar a caverna e o deserto. Quis ir para casa e contar ao meu marido a respeito. Mas não o encontrei em casa. Ele estava viajando novamente.

* * *

Conheci David numa livraria em Atlanta, onde eu trabalhava como caixa. Ainda fazia a faculdade, estudando filosofia e enfermagem, tentando conciliar meus cursos de especialização, o lado sonhador e o prático. Namorava um estudante de fotojornalismo chamado Leonard, que fazia sua própria cerveja e desejava viver na costa leste da Nicarágua algum dia. Era teimoso e didático e, quando expressava sua opinião sobre política e guerra, eu não conseguia manifestar uma palavra de assentimento. Era apaixonado por mim, no entanto, e me deu um anel, não exatamente um anel de noivado, mas algo próximo o bastante, e havíamos conversado sobre casamento numa praia.

Eu trabalhava na livraria quatro noites por semana, e aquele emprego, combinado com uma bolsa de estudos, me rendia dinheiro o suficiente para alugar um pequeno apartamento de um quarto perto da universidade. Eu adorava trabalhar na livraria. As pessoas sempre se mostravam no melhor de sua disposição quando procuravam um livro, e eu costumava observar seus rostos quando abriam uma página e liam algo que era apenas de seu conhecimento. Aquela expressão de admiração, ou tédio, ou estudada concentração. Era como conhecer um estranho e decidir o que se pensa dele por meio de sua expressão, ou de suas poucas palavras iniciais. Depois que o último freguês saía, eu andava pela livraria quase já às escuras, olhando para as fileiras e fileiras de livros. Tantas histórias pairando a minha volta, cada uma com seu próprio deus governante, suas próprias tragédias, fronteiras e objetivos. Cada uma tinha suas próprias crianças e cães; habitava as prateleiras como casas partilhando ruas apertadas. Encarregada de trancar a livraria, eu lia a noite inteira e ficava cansada para ir à faculdade na manhã seguinte. A vida dos livros tornou-se aquela que devia ser conduzida, e todas as emoções dentro deles tornaram-se as que eu mesma deveria ter tido. Comecei a olhar para Leonard e me perguntar se o amor que eu sentia por ele era bom o bastante, não apenas para mim como mulher mas para mim como uma personagem. E como nossa história estaria à altura daquelas nos livros ao meu redor?

Era meu último dia de expediente antes dos feriados de Natal, uma noite de quinta-feira. O tempo estava péssimo; cada vez que um freguês entrava, um golpe de vento percorria a livraria e fazia minhas mãos tremer enquanto eu trabalhava junto ao balcão. O ar gélido parecia ter arruinado o espírito natalino; fregueses folheavam livros impacientemente, parecendo aborrecidos com a brisa proveniente das páginas viradas.

Por volta da hora do fechamento, uma fila se formara por todo o caminho até a estante de arame, repleta de canecas e cestas de presentes, e as pessoas começavam a resmungar. Eu trabalhava o mais depressa que podia, mas a fila foi crescendo. Uma mulher idosa, com fofos cabelos brancos e um broche enferrujado, deslizou pelo balcão um livro de mesa de centro sobre flores da Geórgia e perguntou quanto custava.

— Não há etiqueta de preço — declarou.

— Está impresso no verso — informei-a, virando o livro. — Custa vinte e três dólares.

— Oh — disse ela numa voz desapontada —, isso é tão caro!

— Lamento — respondi. — É um livro de mesa de centro. Esses geralmente são mais caros.

— É um livro tão bonito. Olhei para cada foto que há nele. Eu já tive margaridas, exatamente como as da foto, no meu quintal dos fundos.

— Lamento — tornei a dizer, impotente. Eu teria comprado o livro para ela, porém mal tinha dinheiro o bastante para os meus próprios presentes de Natal. Quis lhe dizer que eu também adorava flores, especialmente ipoméias, mas os demais fregueses emitiam o vago murmúrio que significava que se ressentiam da espera.

— Gostaria de outro livro? — perguntei à mulher. — Há outros livros sobre as flores da Geórgia que são menos caros. — Lancei um olhar à fila, que agora se estendia para além da banca de revistas.

Ela hesitou.

— Não, está tudo bem. Era realmente este que eu queria. — Ainda assim, não se moveu. Apenas olhou fixamente para o livro, como se, com concentração suficiente, pudesse reduzir o preço.

— Ei! — A voz era possante e áspera. Levantei os olhos e vi um homem alto, com um grande relógio de pulso vermelho, no qual batia com a ponta dos dedos enfaticamente. Eu o espiara bem mais atrás na fila um momento antes. — Estou com três crianças no carro. E então, vai comprar esse livro ou o quê?

Houve um repentino e coletivo som arfante na fila, o barulho que as pessoas fazem quando querem desviar o olhar mas não podem. A mulher idosa encarou-o, piscando. Abri a boca para falar, mas um rapaz de cabelos escuros materializou-se ao lado dela. Ele virou-se para o homem alto e disse:

— É com a minha avó que você está falando — anunciou calmamente. Olhou para a mulher. — Comprarei isto para a senhora. Apenas me prepare mais alguns biscoitos de chocolate, ou algo assim, e ficaremos quites.

Ela o encarou, boquiaberta.

— Quem... — começou a dizer, mas o rapaz empurrou o livro na minha direção. — Vá em frente — ordenou, sereno. — Cobre-nos o valor.

O homem alto, confuso, voltou a seu lugar na fila, e as pessoas próximas o bastante para terem ouvido a conversa olhavam para o rapaz com admiração.

Precisei de três tentativas para conseguir abrir a caixa registradora. Minhas mãos tremiam, embora ninguém vindo do frio tivesse entrado nos minutos anteriores. Finalmente consegui dar ao rapaz o total. Ele preencheu um cheque e entregou o livro à mulher, que soltou um grito quando o teve nas mãos.

— Obrigada! Obrigada! — foi exclamando, e ambos saíram pela porta da frente. Notícias da boa ação percorriam a fila. As pessoas sorriam, e o novo clima excluiu tanto o homem alto que ele colocou seus livros no balcão e retirou-se.

Depois que a livraria fechou naquela noite, encontrei o cheque e li o nome. David Warden. Abaixo do nome havia um número de telefone. Tive medo de que, se esperasse, eu não o faria. Conferi o dinheiro na caixa registradora, peguei o telefone e ouvi a voz dele.

Eu estava apaixonada. Não era o mesmo tipo de amor que eu sentira por Leonard, cômodo e comum, mas um grande amor, épico em extensão, capaz de levar as relações entre Capuletos e Montéquios ao ponto do rompimento, ou afundar o *Titanic* até sua sepultura. Eu passava cada momento possível com David e fui morar com ele no segundo mês. Zelosamente, acrescentei os hábitos do dia-a-dia dele à história de sua generosidade e mérito. Ele gostava de comer em embalagens de papelão e assistir a filmes antigos de John Wayne. Depois que tomava banho, enxugava as pernas, mas não os pés. E, em vez de me levar rosas num buquê, ele costumava remover-lhes as fragrantes camadas de pétalas, enfiá-las numa caixa de leite vazia e, então, colocá-la na geladeira para que eu a descobrisse sozinha.

Não havia nada que eu não pudesse partilhar com David. O rosto dele ficou sombrio quando lhe contei, numa noite, a história da morte do meu pai e como me senti responsável. Uma semana depois, ele me contou sua própria história, de um irmão pequeno morto por afogamento, num piquenique de família, quando David tinha doze anos. Seu irmão andara para além das docas e ninguém o vira. Desaparecera sob a água enquanto David jogava futebol americano com os primos mais velhos. E vi nos olhos dele o pesar de uma vida inteira que eu também sentia. A pergunta interminável: e se tivéssemos feito algo diferente... as pessoas que amamos ainda estariam conosco? Tínhamos um elo em comum, duas pessoas cujas falhas em questões de vida e morte marcavam-nas, deixavam-nas em busca do eterno perdão, de uma maneira que jamais poderia ser mudada.

No verão em que David se formou pela Universidade da Geórgia, nós nos casamos, e fui com ele para Houston sem ter colado grau. Não precisei de um diploma. Enfermagem e filosofia incorporaram-se ao casamento, a única carreira que eu queria. Olhando de volta para aqueles primeiros dias, me dou conta de que David sempre teve um ar de mistério envolvendo-o, uma certa sensibilidade reservada que se evidenciava mais quando ele acabava de retornar de uma viagem. Mas, quando fazíamos amor, ele era meu novamente, tão próximo de mim que nossas histórias partilhavam palavras. E, às vezes, quando eu abria a porta do *freezer* para pegar a bandeja de cubos de gelo, encontrava-a cheia de pétalas de rosas, amarelas, cor-de-rosa e vermelhas.

Capítulo IV

No outono anterior, um homem entrara numa loja em Vermont com uma AK-47 e matado onze pessoas. Naquele mesmo mês, um ônibus explodira no Kansas. Em janeiro, alguém colocara algo num lago, na Geórgia, que acabou matando dezessete pessoas que haviam comido peixe de lá. No início de março, na Flórida, um agressor desconhecido atirara num médico que fazia abortos e que estava lavando as mãos na pia. Mas agora meu filho e eu estávamos diante da entrada da caverna, e nenhuma daquelas notícias importava mais.

Nós nos encontrávamos várias centenas de metros acima do rio. Por alguma razão, eu havia imaginado aquela caverna logo além da margem do rio. Mas de tal modo, presumi, ela não teria sido um segredo.

Segurei a mão de Duncan, tomada por uma sensação de admiração, de poder, de ter feito um bom trabalho por o ter levado até um lugar seguro, para além das dificuldades do mundo. Ao mesmo tempo eu estava com pavor daquele lugar escuro.

— É a caverna onde papai virá nos encontrar? — perguntou Duncan animadamente, soltando minha mão e aproximando-se mais da entrada, agachando-se para espiar lá para dentro. — É ela? É ela?

— Sim, é. — E sua mãe, Duncan, é uma mentirosa. Papai não virá ao nosso encontro. Isso foi o que eu disse a você para fazê-lo entrar no carro sem briga.

O velho dissera que, para além da entrada, havia o que era chamado de zona limite, onde alguma luz existia. Mais para dentro encontraríamos total escuridão e criaturas delicadas e cegas, as veias correndo perto de sua pele translúcida. Nada temível vivia nas entranhas daquela caverna, apenas formações de calcita, tão delicadas que podiam ser exterminadas pela oleosidade natural de nossos dedos.

O sol se punha rapidamente.

— Nós vamos entrar? — perguntou Duncan.

— Num minuto.

Eu havia conseguido levar apenas parte de nossos suprimentos. O restante estava escondido junto com o bote num carriçal. Eu levara as velas, contudo, e uma lanterna de carbureto. Mas parecia tão escuro lá dentro. Meu coração começou a bater depressa, e pela primeira vez receei não ter coragem para fazer aquilo, depois de termos percorrido toda aquela distância.

Duncan dançava.

— Vamos, vamos, vamos! — Agarrou minha mão e puxou-a.

— Está bem, está bem! — Desvencilhei-me de sua mão. — Só estou preocupada, achando que você poderá ficar com medo.

— Não estou com medo! — vangloriou-se ele. — Você está! Mamãe está com medo! Mamãe está com medo!

— Está certo. Mas não me culpe se algum monstro nos comer.

O sorriso dele apagou-se.

— Desculpe, filho — falei depressa. — Foi uma brincadeira. Não há nenhum monstro. Além do mais, temos música do John Denver. Monstros o odeiam.

Meus pés e mãos tinham ficado frios, e meu pulso estava acelerado. Percebi que, se não me movesse logo, jamais entraria ali. Duncan teria de viver na caverna sozinho e visitar sua mãe do lado de fora todos os dias, enquanto ela se encolhesse de medo sob a luz. Acendi a lanterna de carbureto e coloquei a mochila repleta de velas nas costas. A entrada era tão pequena que tivemos de engatinhar, um de cada vez. A caverna abriu-se rapidamente numa passagem. Perto da entrada ainda havia claridade o bastante para enxergar, mas vinte passos além entramos numa escuridão tão absoluta que a luz da lanterna não penetrava por muito mais de um metro. Senti o cheiro de pedras molhadas e ouvi o som de respiração a minha volta. O velho me dissera que cavernas respiravam, especialmente antes de uma tempestade, mas ainda tive de parar por um minuto e me recompor.

— Qual é o problema, mamãe?

— Mamãe está um pouco enjoada — consegui responder. A lanterna de carbureto iluminou o cabelo loiro de Duncan e uma formação próxima ao meu ombro. Movendo a lanterna, vi que a formação exibia um brilho alaranjado e a consistência de cera derretida. — Veja isso, Duncan.

Ele estendeu depressa a mão alva para tocar a formação. Agarrei-lhe o braço.

— Filho, o que foi que eu disse centenas de vezes a caminho da caverna?

— Não toque as estátuas — respondeu ele em um tom desanimado.

— Isso mesmo. Seja um bom menino.

Soltei-lhe o braço e nós prosseguimos. Eu jamais havia estado numa escuridão tão profunda; era pesada e tinha um odor como o de velhas cartas molhadas; quando eu respirava, aquilo descia por minha garganta. Eu estava quase sufocando com aquele cheiro, meus pulmões ansiando por ar fresco e leve de uma pastagem aberta. O velho me contara que morcegos viviam nas cavernas e que não nos importunariam em absoluto.

— Não tenha medo, mamãe — falou Duncan, como se tivesse habitado cavernas a vida inteira. Seu tom me confortou, e lembrei a mim mesma que tinha uma mochila cheia de velas, armas na guerra contra a histeria. Caminhamos cuidadosamente, enquanto a lanterna revelava rochas, as paredes lisas da caverna e, ocasionalmente, uma poça proveniente do lençol de água. A caverna era fresca, mas não fria. Eu tremia apenas porque me dei conta de que entrara naquele lugar com base somente em fé. Minhas únicas instruções para ter chegado até ali vinham de um velho que não era conhecido por manter mulheres vivas.

Contornamos um canto e a parede afastou-se da luz. Nossa voz ecoava na escuridão.

— Devemos estar na cavidade principal — falei.
— O que é uma cavidade principal?
— É como um grande quarto.
— E qual é o meu quarto?
— Este é o seu quarto. E o meu também.
— Não quero que você fique no meu quarto! Quero ter meu próprio quarto! — Duncan bateu o pé.
— Não seja levado. A maioria dos meninos de cavernas não ganha seu próprio quarto enquanto não completa dez anos de idade.

Duncan ficou em silêncio, e eu o vi esticando os pequenos dedos sob a luz de carbureto, enquanto contava os anos até poder se ver livre da mãe.

— Eu estava brincando, querido. Quando papai chegar aqui, talvez arranjemos um quarto para você. — Senti imediatamente uma onda de culpa por usar o faz-de-conta da chegada de David para apaziguar meu filho.

— Quando ele virá?

— Já lhe disse, anjo, demorará um pouco. Ele tem um trabalho a fazer primeiro.

— Papai está sempre trabalhando.

— Sim. Bem, não há o que discutir quanto a isso.

Pousei a lanterna no chão e comecei a acender velas, sem sequer parar para ver quem estava vencendo na guerra entre luz e escuridão, apenas riscando fósforos e acendendo os pavios um atrás do outro e distribuindo as velas ao redor.

— Mamãe! — gritou Duncan.

Parei e olhei a minha volta. A caverna estava repleta de luz, e eu ajoelhada num mundo novo. Formações de calcita estavam por toda a parte: filetes de carbonato de sódio, estalactites, estalagmites, colunas e pequenos muros ligando-as. Quase instantaneamente, seus formatos sugeriram outros: ladrões, mendigos, príncipes, anciões tribais, deuses, fogo, girafas; todo o tipo de mitologia, natureza e religião. Três duendes apontavam para um falcão, sem se darem conta do tubarão de calcita nadando atrás deles. Uma bruxa chupava um pirulito. Um pônei perdido galopava, sem deixar cair seu chapéu de três pontas. E um veleiro perdera metade de seu mastro, mas navegava sob um sol cujos raios cresciam com o tempo.

Um lago do tamanho de uma sala de estar cintilava a minha esquerda, formações de calcita erguendo-se como árvores na água. Eu me levantei, virando-me na caverna cintilante. Uma vez, muito tempo antes, eu vira um filme no qual tudo no mundo congelara no lugar, deixando que o herói impedisse coisas terríveis de acontecer. Eu me sentia daquela maneira agora, a história em suspenso, água gotejando das espadas de piratas que poderiam ser persuadidos, ao longo de milhões de anos, a baixar suas armas.

— Isto aqui é mágico, não é? — falei, enfim.

— É lindo — exclamou Duncan. — Veja todas as estátuas!

— São chamadas de estalactites e estalagmites. E estes, bem, estes são chamados de alguma outra coisa. Gotas, ou algo assim. Mas é tudo feito de calcita. É um tipo de pedra que não se vê todos os dias. — Aproximei-me dele, inclinando-me para beijar-lhe a cabeça loira, sentindo de encontro aos meus lábios cabelo que parecia ainda mais macio naquele lugar de pedra. O medo me deixara. Minha pulsação normalizara-se. Endireitei as costas. — Vamos ver o que há no lago.

De tão clara a água, era possível ver diretamente até o fundo, até a dolomita lisa, os peixes nadando. Tirei a lanterna elétrica do cinto e liguei-a, movendo o facho de luz pelas árvores de calcita, que exibiam um brilho alaranjado sob a luminosidade. Se eu tivesse ido até o lado de fora, teria visto aquela mesma cor esparramando-se pelo céu.

— Uau — disse Duncan. — Isso é assustador.

Movendo o facho de luz pela água, vi um peixe descrever um lânguido círculo.

— Veja, querido. O peixe não tem olhos.

— O que aconteceu com eles?

— O peixe apenas cresceu sem os olhos. Além do mais, não precisa deles aqui.

— Nós perderemos nossos olhos?

— Não se ficarmos atentos aonde formos.

Duncan meteu o dedo na água, mas o peixe pareceu não se importar.

— Vamos voltar até lá fora e buscar o resto das nossas coisas — sugeri, mas meu filho estava tão embevecido que tive de puxá-lo dali.

Um rastro purpúreo espalhava-se pelo céu alaranjado quando voltamos à entrada da caverna em busca de nossos suprimentos. Precisei de várias viagens para arrastá-los até o interior da caverna e colocá-los numa prateleira de dolomita lisa, que se estendia por cerca de uns três metros e meio ou mais em todas as direções. No fundo da caverna notei a abertura de uma outra cavidade mais afastada, negra como breu, e me perguntei qual seria o tamanho total da caverna. Talvez se estendesse até Ohio. Talvez David se encontrasse na outra extremidade dela, chamando. Eu havia conseguido carregar o fogão portátil Coleman de dois queimadores por todo o caminho desde o rio. Acendi um fósforo e segurei-o acima de um dos queimadores, enquanto girava o botão lentamente, observando a chama azulada surgir.

Pelo canto do olho notei Duncan perto daquela formação que parecia uma bruxa chupando pirulito. Ele estava na ponta dos pés, de costas para mim.

— Ei! O que você está fazendo?

Ele virou-se para mim.

— Lambendo o pirulito!

— Duncan! Eu lhe disse para não tocar em nada!

— Você disse para não tocar. Eu estava *lambendo*.

— Grande diferença. Agora pare com isso.

— Isto não tem gosto de pirulito — declarou Duncan, desapontado.

Tirei um pacote de salsichas vienenses da caixa térmica e cheirei-as com desconfiança... o gelo derretera em nosso primeiro dia no rio. Pareciam bem e, assim, coloquei uma frigideira sobre o queimador e coloquei as salsichas dentro dela. Ouvi o chiado de fritura, enquanto abria um saco de pão. Juntando a comida que tínhamos ali com a que ficara no bote, contávamos com o suficiente para um mês ou dois. Depois daquilo... eu não sabia. Não havia planejado, embora o velho me houvesse dito que costumava pescar peixes-gato no rio. Eu levara linha de pesca e anzol, mas não entendia do assunto. Não pescava desde criança.

— Mamãe?
— O quê?
— Talvez papai se perca tentando nos encontrar.

Não quis prolongar meu silêncio demais, ou meu filho acabaria ficando desconfiado.

— Não seja tolo — falei, enfim. — Seu pai é bom em encontrar coisas.

Duncan sentou-se perto de mim.

— Espero que ele traga meus homens do espaço. Esqueci de trazê-los.

As salsichas fritavam. Baixei o fogo e me dei conta de que teria de pensar naquela caverna como algo completamente à parte do mundo, à parte de David. Aquela era nossa nova vida sem ele. Eu poderia contar a Duncan algum dia, quando estivesse pronto.

— Podemos tirar fotos? — perguntou ele. — Bobby não acreditará em mim. Dirá que sou mentiroso.

Meu coração ficou pesado. Duncan não entendia que aquele era seu lar agora, que aquelas crianças em Ohio cresceriam sem ele. Era um menino esperto, e temi suas perguntas.

— Não dê ouvidos a Bobby. Ele está sempre se coçando. Acho que tem piolho. — Esperando distraí-lo, meti a mão no bolso. — Veja isto. — Mostrei-lhe uma moeda. — Vê como isto parece escuro e velho? Bem, a poeira que há nestas pedras é mágica. — Juntei um pouco da poeira com as unhas e coloquei-a na palma da mão. Pus a moeda em cima da poeira e esfreguei as palmas das mãos. Duncan inclinou-se para a frente, olhando minhas mãos.

Parei de esfregar, lambi a moeda e mostrei-a a ele.
— Viu? Ficou brilhante e nova.
— Como você fez isso? — exclamou Duncan.
— Mágica — respondi. Também conhecida como as propriedades restauradoras da dolomita. Eu não poderia compensar a ausência de um pai com uma moeda reluzente por tempo demais.

Eu não sabia quanto tempo se passara. Ouvimos uma coruja piando na entrada, mas, no espaço a nossa volta, tudo permanecia em silêncio. Tirei minha camisa e a calça e caminhei descalça pelas pedras lisas até o lago, meu filho seguindo-me despido. Mergulhei a ponta do pé na água fria, depois pisei num degrau natural e, então, em outro, até que a água me chegou à altura do peito. Olhei para baixo e vi as unhas dos pés com clareza.

Duncan permanecia timidamente à beira da água. Estendi os braços na direção dele.
— Venha até aqui, querido.
— A água está fria? — perguntou Duncan, incerto.
— Sim. Mas você se acostumará com ela. — Eu tinha uma lembrança do meu filho parado à beira da piscina no nosso quintal dos fundos, chorando, enquanto David, com a água pela cintura, gesticulava para ele.

Duncan deixou a beirada da água e saltou até meus braços.
— Bom menino! — gritei.
— Ai! — exclamou ele quando sentiu a água fria.
— Está tudo bem — assegurei-lhe, descrevendo um lento círculo na água enquanto o segurava. — Veja, assim está melhor, não está?

Eu havia ligado o aparelho de CD portátil, e a música de John Denver flutuava na nossa direção. Um som de água, suave e doce. Dessem-lhe mil anos e ela penetraria por aquelas paredes, cavando um caminho lento até o mar.

Duncan riu, agitando os braços na água cristalina enquanto eu o erguia.

— Você quer afundar na água? — perguntei-lhe. Era um truque que havíamos praticado em nossa piscina de casa.

Ele meneou a cabeça, e nós respiramos fundo, submergindo, permanecendo sob a superfície juntos, em água tão pura que não tinha gosto algum. Os cabelos loiros do meu filho flutuavam para além de seu rosto, suas bochechas cheias de ar precioso e a pele alva como neve. Soltei o ar, um jato de bolhas perfeitas na água, mas Duncan segurou o seu. Erguemo-nos juntos, rompendo a superfície, emergindo para a luz oscilante.

As velas ainda ardiam, e havia cera acumulada em torno de suas bases. Depois daquela noite teríamos de racioná-las e dormir com apenas uma acesa. Nós nos deitamos juntos nos sacos de dormir, e Duncan logo adormeceu, respirando de encontro ao meu pescoço. Algum dia ele cresceria e contaria a algum psicólogo que a mãe o mantivera numa caverna e o fizera ouvir música de John Denver. Mas eu não me arrependia. Meu filho estava a salvo, afinal. Eu ouvi a respiração dele e também a respiração mais antiga, sábia e mais emudecida da caverna. Ondas brancas rolavam pelo céu, ondas de dolomita, tão vastas que eram capazes de polir um milhão de *cents*.

Água gotejava no lago de um galho de calcita.

Calcita em sua forma mais pura fazia giz.

No outro mundo, professores usavam giz para escrever números no quadro-negro. Alunos copiavam os números em suas carteiras. Mais tarde os zeladores passavam esponjas pelo quadro-negro até que os números desapareciam, mas a água continuava gotejando. Gotejando pelas paredes.

Capítulo V

Não consegui dormir depois que Linda morreu. Coloquei trancas duplas em todas as portas e janelas, joguei fora a correspondência, soldei a abertura da caixa de cartas, corri os dedos pela farinha com súbita desconfiança. Seria fácil envenenar farinha? Até que ponto os mercados eram seguros? E os caixas... de onde eram e quais ressentimentos guardavam? E quanto ao cavalo do lado de fora, aquele que uma criança podia montar em troca de um quarto de dólar... e se aquele cavalo tivesse fios secretos saindo dele, um vermelho, um azul, alongando-se até desaparecerem nos fundos da loja para serem conectados por algum monstro sem face?

À noite eu olhava pela janela de um cômodo do andar de cima e via Linda brincando sob a iluminação da rua, além de pequeninos insetos voando ao redor da luz. E quando os insetos desciam, não pousavam nela, mas pairavam junto à ponta de seus cabelos soltos, enquanto ela se agachava para amarrar o cordão dos sapatos. Eu não podia contar a David a respeito do fantasma de Linda. Ele nem sequer queria ouvir sobre a morte dela.

— Martha — dizia ele —, volte para a cama. Você precisa dormir.

— Preciso ir ver como está Duncan.

— Não, não precisa.

— E se houver um incêndio? — perguntei-lhe uma noite. — E se adormecermos e a casa for consumida pelo fogo? E se alguém envenenou o pão que comemos no jantar? E quanto às doenças? Conheci uma mulher cujo filho foi para a cama com febre e, na manhã seguinte, estava morto. E meteoros. Meteoros atingem a Terra mais do que você pensa. E jibóias. Você sabe que elas escapam do zoológico às vezes, vivem debaixo de varandas e crescem até quase dez metros de comprimento? Vi alguns bombeiros no noticiário, no ano passado. Estavam tirando uma jibóia de debaixo de uma casa. Era grossa como um tronco de árvore e comera todos os cachorros.

— Deite-se.

— Certa vez eu estava lavando as roupas de Duncan. Naquele dia ele esteve brincando com os amigos no início do bosque. Perto da barra de suas calças, na parte que cobre o tornozelo, encontrei duas pequeninas marcas precisas de perfuração. Tinham esta distância uma da outra. — Eu lhe mostrei o que queria dizer com o polegar e o indicador. — E meu coração parou quando ergui aquelas calças na direção da janela e a luz penetrou pelos dois orifícios, contendo o espaço exato entre ambos que uma cobra deixaria com suas presas. Permiti que aquele menino brincasse perto demais do bosque. Corri para encontrá-lo, tirei-lhe as meias e vi que não havia marcas em seus tornozelos. A culpa foi minha. Baixei a guarda.

David levantou-se e me fez deitar de volta na cama, cobrindo meu corpo com o seu. Tentei me mover, e ele aumentou a pressão em torno de mim.

— A mãe de Linda jamais a teria deixado brincar no início do bosque, David. Você percebe a ironia? Ela nunca deixou a filha subir numa bicicleta sem capacete. E andava até o final do quarteirão todos os dias para esperar o ônibus escolar. Até telefonou para a escola para pedir referências sobre o motorista do ônibus. Mas veja o que aconteceu. Veja quem morreu.

Na noite da véspera em que roubei o filho de David e desapareci, vesti meu robe e sentei-me na beirada de nossa cama, perto dele. Eu tinha consultado nosso médico de família, que me prescrevera pílulas diferentes, destinadas a me acalmar, mas não haviam dado resultado. David marcara para mim uma consulta com um psiquiatra para a manhã seguinte. Não me importei; eu sabia que partiria de noite. Estivera planejando nossa fuga por uma semana ou duas, mas algo que David me dissera na noite anterior me fizera perceber que eu não poderia mais ficar. Fiquei dizendo a mim mesma que ele dissera aquilo num momento de frustração e raiva, que não podia ter falado a sério. Mas no fundo eu sabia que fora o caso.

Meu marido, que pensava que eu fosse louca, era quem havia enlouquecido.

Num canto da garagem, no espaço atrás de uma velha geladeira, eu havia estocado suprimentos e mapas, e algumas das roupas de Duncan estavam cuidadosamente dobradas numa mochila no fundo de seu armário. Os pneus da perua estavam perfeitamente calibrados.

David dormia. Ele sempre fora capaz de dormir num piscar de olhos. Muitas vezes, tal qual um jovem viajando pelo país, adormecia recostado nas laterais dos prédios. Corri os dedos de leve por seu rosto, acariciando-lhe o queixo, o nariz, as sobrancelhas. Sempre o achei tão bonito dormindo, mais inocente, mais real. Imaginei como sua mãe já teria se inclinado sobre ele, sentindo todo aquele mesmo amor pelo filho, quando ainda era pequeno e o mundo esperava somente meninice dele. Eu nunca tinha pensado naquilo antes, naquela necessidade da lembrança perfeita do corpo e do rosto de David. Movi a mão até seu peito, e ele abriu os olhos.

— Você está bem? — sussurrou-me.
— Sim, estou.
— Tomou seu remédio?
— Sim.

Quis lhe dizer que eu já tinha ido dar uma olhada em Duncan cinco vezes naquela noite, mas sabia que ele não queria ouvir falar a respeito; o assunto parecia enfurecê-lo. Em vez daquilo, comecei a desabotoar-lhe a blusa do pijama. Meus dedos escorregaram; eu não me lembrava mais dos passos para fazer amor. Encobri meu espanto, beijando-lhe os lábios. Ele pegou meus ombros e enrijeceu os próprios braços, até que parei.

— Querida? — sussurrou.
— O quê?
— Não sei se você está disposta a isto.
— Estou.
— Mesmo?
— Sim. E você?

Ele hesitou.

— É claro. Acontece apenas que...
— Você nunca possuiu uma mulher louca?
— Eu não disse isso.

Comecei a abotoar-lhe a blusa do pijama, mas percebi que estava enfiando os botões nas casas erradas e tornei a desapertá-los. David segurou meus pulsos.

— Acontece apenas que você tem andado tão frágil recentemente. Talvez devamos esperar até depois de você ter ido ver o psiquiatra.

— O psiquiatra jamais poderia ser amante melhor do que você.

Ele soltou um suspiro.

— Não seja engraçada.
— Desculpe.
— Não se desculpe.

David beijou-me, um beijo tão repleto de paixão que eu quis parar e exigir que ele retirasse a coisa horrível, insana que me dissera. Tive medo, porém, de que ele apenas a repetisse, e portanto continuei beijando-o, cautelosa como se estivesse me esgueirando por um assoalho tarde da noite, esperando que uma tábua corrida não rangesse. Despi-lhe a blusa do pijama, e ele, minha camisola, ambos entramos juntos debaixo das cobertas, entrelaçados um no outro. Mas, no momento em que começamos a fazer amor, soltei um pequeno grito e saí de debaixo dele. De repente estava sentada na beirada da cama, com o coração disparado.

— Qual é o problema? — perguntou ele numa voz aturdida.

— Duncan — disse eu. — Duncan!

Lancei-me da cama e corri nua pelo corredor até o quarto de Duncan, escancarei a porta e deixei a luz banhar o carpete. Ali estava ele, como eu o tinha encontrado antes, adormecido em sua cama. Cansara-se tanto que nem sequer afastara as cobertas. Aninhava-se sobre a colcha, com os olhos fechados, virado para a porta.

Fiquei olhando para ele, e então David se aproximou por trás de mim.

— Pensei tê-lo ouvido gritar — expliquei.

David suspirou e caminhou de volta pelo corredor. Quando me reuni a ele na cama poucos minutos depois, estava deitado de costas, com o olhar fixo no teto. Ficamos deitados ali, juntos, em silêncio.

— A que horas é sua consulta amanhã? — perguntou ele, enfim.

— Às onze da manhã.

— Levarei você de carro.
— Não, estarei bem.
— Você não me perdoa, não é mesmo? Por não ter estado na cidade naquele dia.

Você está certo, querido, não o perdôo.
— David — respondi, com voz neutra —, você nunca está na cidade.

No consultório de um psiquiatra, certos motivos de decoração são obrigatórios. Nada de cores fortes na parede; elas podem mexer com nervos já abalados. Haverá um ou dois quadros, no máximo, também em cores suaves, e estes amplamente livres de contexto: um barco num rio azul, talvez, ou um cavalo desencarnado parado num pasto de espaço branco. As mesas não surpreendem, nem as lâmpadas, e a iluminação causa sono; paira suavemente acima da cabeça curvada das pessoas lendo receitas em revistas. Engarrafando-se aquela sala, o conteúdo drogaria um diabo da Tasmânia. Ao mesmo tempo, ela fervilha com uma peculiar tensão, enquanto os ocupantes se esforçam para parecer indiferentes, a última defesa dos realmente desesperados.

Arrependi-me de ter levado Duncan até ali, que ignorou as revistas *Highlights* que empilhei a sua frente e ficou olhando para uma mulher que sentara no sofá diante de nós e escrevia algo num bloco de papel. Uma lista de compras, sem dúvida, ou uma recontagem dos crimes do marido. Era uma mulher conservada, de uns quarenta e cinco anos, usando óculos de armação azul, cuja singularidade eu teria admirado num restaurante, mas ali expressavam solidão, incerteza, a incapacidade de agradar a um pai.

— Duncan — sussurrei —, você não quer ler suas revistas?

Ele deu de ombros, mas não tirou os olhos da mulher.
— Querido, não é educado encarar os outros.

A mulher devia ter-me ouvido, pois levantou os olhos brevemente de sua lista e, então, continuou escrevendo. *Alface. Leite. Toalhas de papel. Ele volta para casa cheirando a cerveja.*

Eu peguei uma *Highlights* e tentei entregá-la a Duncan.
— Vamos. Leia isto. Há uma porção de boas histórias aqui.

Ele cruzou os braços e sacudiu a cabeça. Atirei a revista de volta na mesa.
— Está certo — falei. — Como você quiser.

A mulher ergueu a cabeça e seus olhos encontraram os meus. Tive a impressão de identificar uma ponta de piedade nos olhos dela, o que me exasperou. Depois do que passara, Duncan tinha direito a um ocasional momento de teimosia. A mulher baixou o olhar e voltou a escrever, encobrindo seu papel com a mão.

A porta se abriu, e um homem de certa idade saiu, denotando o ar instável de alguém que acabara de dizer mais do que quisera. A mulher deixou de lado sua revista e conduziu-o da sala de espera.

— Ah — murmurei comigo mesma. — Então é o homem que é louco. Ela é apenas a motorista.

— O quê? — perguntou Duncan.

— Nada.

Um homem alto, calvo, trajando terno cinza apareceu à porta.

— É a sra. Warden? — perguntou-me.

Meneei a cabeça.

Ele tinha um rosto bondoso, e sorriu para mim de um modo caloroso.

— Sou o dr. Zelmer — apresentou-se. Eu me perguntei o que David lhe dissera ao telefone e se ambos conspiravam entre si agora, se costumavam se falar em outros momentos.

Eu me levantei e apertei a mão do médico.

— Prazer em conhecê-lo. — A acústica da sala de espera fez minha voz soar metálica aos meus próprios ouvidos.

— Entre — disse ele.

Lancei um olhar a Duncan, cuja atenção estava concentrada na gravata listrada do psiquiatra. Duncan sempre adorou gravatas.

— Dr. Zelmer, este é Duncan.

— Olá, Duncan — falou o médico.

Duncan não disse nada.

— Ele gostou de sua gravata — comentei.

— Hum. É minha esposa que as escolhe. Sou praticamente daltônico.

— Vamos, Duncan — disse eu.

Ele começou a se levantar do sofá, mas o psiquiatra interveio:

— Acho que eu gostaria de conversar com você a sós, ao menos desta vez.

— Mas não quero que meu filho fique sentado aqui fora sozinho.

Ele meneou a cabeça. *É exatamente por isso que você está aqui, sra. Lunática.*

— Você se sentiria melhor se a porta de saída da sala de espera estivesse trancada? Você é minha última paciente antes do almoço.

Senti-me envergonhada, mas assenti.

O sofá do psiquiatra possuía uma miríade de cores e não combinava com o papel de parede. Sentei-me num canto, ele ocupando uma cadeira giratória a minha frente. Seu bigode era bem-aparado e os cordões dos sapatos pareciam novos. Possuía fronte alta e larga, a sombra da barba chegando até perto das orelhas. Considerando-se tudo, parecia ter nascido para ser psiquiatra, e eu o imaginei em alguma outra profissão, um zelador talvez, à procura de desgastes num piso de linóleo com aquela mesma expressão de paciência.

— Seu marido disse que você não tem dormido.

— Tenho muita coisa em mente.

— Ele falou que você não sai mais de casa. Que ficou repentinamente com medo de escuro. E que pintou as janelas do andar de baixo de preto.

— Sim. Usei graxa de sapatos. E plantei um cacto sob cada janela de baixo. É um truque que ouvi há muito tempo. Qualquer um que entrar por uma daquelas janelas terá de pisar num cacto primeiro. — Eu mexi inquietamente os dedos. O ar-condicionado automático começou a funcionar, produzindo o som de lenços Kleenex sendo tirados da caixa e, então, desligou de repente. Em meio ao silêncio, baixei o olhar para minha mão, meus dedos segurando com força o braço de tecido do sofá, e imaginei as centenas e centenas de mãos que haviam estado ali antes de mim, transpirando no sofá. Mergulhando-se aquele braço de sofá numa lagoa, a água ficaria tão salgada quanto o oceano.

— Fale-me sobre Duncan.

— Não sei por onde começar.

— Por onde quiser.

— Está certo. Começarei do início. Quando tive Duncan, o médico disse que havia algo errado com minha pelve. Eles me anesteseiaram para o parto. O obstetra fez o parto do meu filho e, então, foi para casa. Durante toda a noite, fui lutando para despertar do meu sono e fiquei perguntando à enfermeira: "Onde ele está?". Ela respondia: "Ele está bem, ele está bem", e eu voltava a mergulhar em alguma névoa. Quando tornava a acordar, sentia medo de ter apenas sonhado o que a enfermeira me havia dito. Então, tornava a perguntar sobre ele. De manhã, eu estava histérica porque não levavam meu filho até a mim. Quando finalmente colocaram-no nos meus braços, eu não queria devolvê-lo. Gritei com todos, disse-lhes para nunca mais manterem meu filho longe de mim. David ficou embaraçado pela maneira como agi.

— Como você se sentiu em relação a isso?

— Esse é o tipo de homem que ele é. Gosta das coisas moderadas, normalmente. Eu nunca fui moderada. Sou mais como meu pai nesse aspecto.

— Como assim?

— Ele vendia vitaminas. E acreditava nelas de modo passional. Acreditava que não houvesse uma única coisa errada com uma pessoa que não pudesse ser curada pela forma e quantidade certas de algum elemento. Seus olhos brilhavam quando falava a respeito, e eu invejava sua crença. Acreditar em algo do fundo de seu coração deve fazer você se sentir tão estável neste mundo.

O médico recostou-se em sua cadeira.

— Não sei mais o que manterá Duncan a salvo, portanto, estou me excedendo um pouquinho. Quem pode me culpar? Você pode?

Ele não respondeu. Eu o preocupava. Podia perceber.

— Diga algo, doutor.

— Então você afirma que está bem, que seu marido está tendo uma reação exagerada com suas preocupações?

— Não se trata apenas de uma reação exagerada, dr. Zelmer. Disse a mim mesma que era isso, em princípio. Mas há algo seriamente errado com meu marido. Recusa-se a falar sobre Linda. Era a menina da casa vizinha. Você sabe a esse respeito, não é? David faz de conta que a morte dela nunca aconteceu. E, numa noite dessas, falou algo tão insano que acho que deve ter perdido o juízo. Ele tem estado sob estresse, eu sei, mas não posso acreditar que me tenha dito uma coisa daquelas.

— O que ele disse?

— Não posso repetir. É algo horrível demais.

— Poderia sussurrar, talvez?

— Acho que posso fazer isso. — O sofá rangeu quando me levantei. Aproximei-me do médico, inclinei-me e disse as palavras tão suavemente ao seu ouvido que não tive certeza de que as tenha ouvido.

— Entendo — falou ele, enquanto eu tornava a me sentar. — Posso compreender como isso a tenha aborrecido. — O dr. Zelmer uniu os dedos das mãos e fechou os olhos. — Acho que você precisa estar num hospital.

Era o que David estivera dizendo também. Eu havia pensado que o médico me entendera e à minha necessidade de manter Duncan a salvo. Mas percebia que ele estivera do lado de David o tempo todo e me traíra.

Naquele noite falei a David que o médico tinha razão. Meu lugar era, de fato, num hospital. Ele me beijou e disse que tudo ficaria bem, que me ajudaria a arrumar minhas roupas. Respondi que eu queria esperar até de manhã, e David falou que compreendia. Foi tão fácil mentir para ele.

Eu já arrumara minhas roupas. Estavam à espera numa sacola de viagem na garagem, junto com meus outros suprimentos. Esperei até que David adormecesse e, então, esgueirei-me até o quarto de Duncan. Nós faríamos uma viagem-surpresa, sussurrei-lhe ao ouvido. Tínhamos de ir na frente do papai, mas ele se reuniria a nós. Iríamos para um lugar onde todos viveríamos juntos.

Duncan esfregou os olhos.

— Quero me despedir do papai.

— Você não pode, querido — falei. — Ele está dormindo. Deixe-o descansar. Nós o veremos logo.

Ele acreditou em mim.

Capítulo VI

Duncan parou à beira do rio, espiando para dentro da água. Era cedo, e a manhã estava fria. Ele tinha as pernas despidas e arrepiadas.

— Não consigo ver nada — queixou-se ele.

— O rio tem areia, lama e outras coisas lá dentro. A água não é pura, como a da caverna.

Ele pareceu satisfeito com a resposta. Endireitou as costas e olhou ao redor, os olhos pousando num choupo-do-canadá de galhos baixos e pendentes.

— Podemos fazer aquilo? — perguntou.

Eu entendi o que ele queria dizer imediatamente.

— Claro. Por que não?

Na noite anterior, Duncan tivera seu sonho favorito, que tomei como um bom presságio. Em Ohio, ele costumava descer até a mesa do café da manhã e contar que podia voar. Em seu sonho, era leve como uma pluma. Podia ver as copas das árvores e a chaminé da nossa casa. E de seu lugar no céu, nossa piscina era do tamanho de um doce.

Depois de tomar seu suco de laranja, ele costumava anunciar que iria até o quintal dos fundos para voar antes do café da manhã, e eu me levantava da mesa, seguindo-o até um antigo carvalho e o observava subir até o galho mais baixo. Duncan se agachava em cima do galho, com o rosto tão crédulo que uma pequenina parte de mim acreditava

também. Ele costumava se equilibrar, com os braços estendidos de cada lado, e então saltar para as nuvens, caindo em meus braços estendidos com um suspiro pesado, a gravidade repreendendo-o, e nós voltávamos para dentro de casa, derrotados.
David me perguntou certa vez por que eu vivia lhe fazendo a vontade.
— Por que fazer de conta desse jeito? Ele apenas acaba ficando desapontado.
— Sei disso — respondi eu. — Eu também.
Agora Duncan agachava-se sobre o galho imóvel do choupo-do-canadá, equilibrando-se. Ele ergueu os braços e agitou os dedos feito asas antes de esticar as mãos.
— Um belo toque, Duncan. — Posicionei-me debaixo da árvore.
— Eu vou voar agora — anunciou ele. Olhou para mim, aborrecido. — Não me pegue. Não preciso de você.
— Vou pegar apenas sua sombra.
Ele pareceu aceitar aquilo. Seus pés descalços ergueram-se do galho e ele saltou diretamente até meus braços, seu corpo tão pesado que por pouco não perdi o equilíbrio. Senti que o fôlego quase lhe faltou.
— Sinto muito, querido. — Pousei-o no chão.
Duncan sacudiu os braços como se seu fracasso o tivesse deixado empoeirado.
— Quero tentar de novo.
— Talvez mais tarde, querido. Vamos voltar à caverna.
— Não, não! Vamos nadar!
Ele me puxava a barra do *short*, quando ouvi um som resfolegante. Corri os olhos ao longo da margem do rio. Um homem a cavalo rumava em nossa direção. Agarrei a mão do meu filho e puxei-o para dentro de um carriçal, pedindo-lhe silêncio, enquanto nos agachamos juntos entre as

estreitas folhas verdes. Eu não sabia se o homem nos tinha visto. Podia ouvir o cavalo se aproximando, o chiado da sela e o som de cascos na lama. Duncan retesou-se nos meus braços. Tinha medo de cavalos desde que um pônei Shetland o mordera certa vez, numa exposição de animais.

O cavalo parou diante do carriçal. Senti algo picando meu braço e baixei os olhos. Uma formiga. Afastei-a, mas senti mais picadas ao longo das pernas e no ombro. As picadas eram como fogo, e eu estava bastante agitada agora, tentando não gritar, enquanto me livrava das formigas. Finalmente, o cavalo tornou a resfolegar e prosseguiu. Abri os carriços e espiei para fora cautelosamente. O homem a cavalo usava calça verde e camisa cinza. Não soube se era um policial do Texas ou um patrulheiro da área. Qualquer um teria me causado problemas. Quando cavaleiro e montaria desapareceram por uma curva, saltei para fora do carriçal, coçando-me feito louca.

— Droga — resmunguei. Esmaguei uma formiga entre o polegar e o indicador e virei-me para olhar para Duncan.

Exclamei, boquiaberta.

Formigas cobriam-lhe as pernas.

— Duncan! — Agarrei-o, avançando até o rio. Quando alcançamos a margem barrenta, baixei-o, colocando-lhe as pernas na água, minhas mãos esfregando-lhe a pele para cima e para baixo, removendo as formigas. No ano anterior uma vespa dera-lhe uma ferroada no braço e causou-lhe um inchaço do tamanho de uma laranja. Como pude ser tão estúpida, deixando aquilo acontecer no meio do nada? E por que o velho não mencionara formigas?

Quando todas as pequeninas criaturas tinham sido retiradas e boiavam na superfície do rio, coloquei os braços em torno de Duncan e tirei-o da água.

— Sente dor, querido? — perguntei ansiosamente.

— Não.
E, de fato, não vi marcas nas pernas dele.
— Você está bem, então?
— Sim, mamãe. Estou bem.
Fechando os olhos, respirei aliviada e sussurrei um obrigada às formigas que se afogavam.

Capítulo VII

Ele a encontrou perto da estrada que conduzia ao *Canyon* Santa Elena, a claridade diminuía e as nuvens acima se estreitavam dentro de um espectro de cor. Ele teve de se sentar à beira da estrada sinuosa, apanhar uma garrafa de meio litro e beber em comemoração. A carcaça queimada da perua achava-se do outro lado de uma pequena elevação, escondida da estrada, exceto por um par de rastros de pneus tão fracos que ele se admirou com sua própria habilidade de avistá-los sob a pouca luz. Rosqueando a tampa de volta na garrafa, aproximou-se do carro. Os restos de um cacto atropelado jaziam no chão, dos quais ainda gotejava uma seiva espessa. A maior parte do carro estava carbonizada, mas a pintura em torno dos faróis era da cor bege que ele estivera procurando, igual à da fotografia que tinha. Sentiu o cheiro de couro queimado e de outros coisas que não tinham sido destinadas a se incendiar. Plástico, vinil, metais, além do cheiro lastimável de borracha queimada.

Ela removera as placas, percebeu ele com um sorriso. Mas provavelmente não pensara em adulterar o número do chassi. Sim. Ali estava, ainda intato. Ele ligou sua lanterna e o leu, comparando-o com o número num pedaço de papel que tirara do bolso traseiro. Era como conferir um número de loteria. Prendia-se a respiração até se ler, um a um, todos os números.

Os patrulheiros da região não tinham encontrado aquele carro. Se houvesse sido o caso, teriam iniciado uma investigação e já chamado um guincho àquela altura. Ele se sentiu parte do segredo, parado ali sob o ar cada vez mais rarefeito e que ia esfriando perceptivelmente de encontro às suas faces, as sombras curvando-se para além da porta aberta do carro. Tocou a porta enegrecida, limpou as mãos nas calças e foi até a elevação que levava à estrada. Sentando-se, abriu a tampa da garrafa e sorveu outro gole.

Pensou na mulher da foto, no menino loiro, no marido de boa aparência. Imaginou os três naquele carro, intocado, rodando pelas ruas de seu bairro, por entre bordos. O pai mantendo o volante na posição dez e dez, a mãe olhando sonhadoramente pela janela, o filho chutando o assento. Pare, filho. Eu disse para parar, pare. Querido, diz a mulher. Estendendo a mão pálida até a parte detrás, pega o joelho do menino. Pare de chutar seu pai.

Ele tinha de admirar a mulher, considerando o que fizera. Falara com muitas pessoas sobre ela, lera seus papéis, seguira seus passos. E, agora, ela lhe parecia tão familiar que ele quase não queria quebrar o encanto encontrando-a.

Nascida na Geórgia, perdera o pai cedo. Sempre vivera para o marido e, depois, para o filho. Adorava barras de chocolate e música de Emmylou Harris. Acreditava em presságios, ficava longe da APM. Gostava de nadar nua à noite em sua piscina no quintal dos fundos. Carregava por toda a parte um antigo relógio de bolso que pertencera ao pai e que era seu bem mais estimado.

Ele sorveu mais um gole. Certa vez fingira, durante um mês, ser um padre. E em outra ocasião sua impressão de bom moço enganara um marido, fazendo-o revelar sua amante. Aquele caso era diferente. Ele ainda não sabia o que se tornar com ela. A que a mulher reagiria favoravelmente.

As estrelas surgiram, e a lua se elevou.

Prometera a si mesmo que deixaria metade do uísque na garrafa, mas, quando a ergueu na direção da lua, o líquido ali dentro tornou-se de uma cor que o fez lembrar vagamente de vitaminas, e assim bebeu o restante em nome da boa saúde.

Capítulo VIII

Aquela era a terra da adaptação. O rato canguru, privado do direito de beber, secretava sua urina como uma pasta. O cacto *cholla* usava seus espinhos para se proteger do sol. O *toad hopper*[1] imitava as rochas para afastar predadores. O *katydid*[2] fêmea ouvia com os joelhos e, bem no interior da caverna escura, os peixes do lago haviam perdido os olhos.

Naquela terra, até uma mãe fugitiva via a si mesma mudando.

Como os olhos dos peixes da caverna, as pílulas que o médico havia me receitado não exerciam mais sua função. Eu despejei o conteúdo dos frascos numa pedra perto da entrada da caverna; o orvalho do novo amanhecer fez com que as pílulas derretessem, fundindo-se umas com as outras. Antes que o dia tivesse terminado, a massa secara, um vento proveniente do México levando o pó calmante para o norte.

Foram necessárias várias tentativas para eu aprender a fazer uma fogueira na caverna, uma que não fosse tão fumacenta a ponto de nos sufocar. No decorrer de poucos dias, descobri as utilidades da polpa de cacto, as propriedades saponáceas das raízes de iúca, a resistência do vime.

---

1 Toad hopper: (*Buforania Crassa*), um tipo de sapo avermelhado.
2 *Katydid*: (*Curtophyllum Concavum*). Gafanhoto grande e verde dos EUA.

Trabalhei à base de tentativa e erro, tendo à minha disposição apenas um guia sobre a região e os ensinamentos de um velho. Eu tinha algo mais, descobri... a afinidade de minha mãe com a natureza, uma praticidade ligada à terra que nunca vira em mim mesma antes. E me senti orgulhosa. Como alguém com tantos recursos próprios podia ser julgado demente?

Eu contava os dias com pedras; uma pequena pilha já tomava forma sob a luz de vela, uma formação que pulava as etapas exigidas das demais e crescia diante de nossos olhos. Duncan disse que, quando seu papai chegasse, iriam encontrar a outra extremidade da caverna. Meneei a cabeça. Eu estava ficando sem desculpas e não me restavam mais moedas para polir.

Nós havíamos chegado no meio da primavera, a estação favorita daqueles que navegam pelo rio Grande. As flores eram lindas, e as inundações perigosas do verão ainda não haviam chegado. Duncan fazia as vezes de batedor. Punha-se no alto de um seixo rolado e averiguava a distância antes de descermos até o rio para nos banhar. Ao final das manhãs, nós nos escondíamos no meio dos carriços e observávamos pessoas descendo o rio de barco. Muitas eram jovens; riam e bebiam cerveja. Vimos famílias cujas crianças eram da idade de Duncan; ele ficava tenso ao meu lado enquanto as observávamos, como se estivesse reunindo coragem para um mergulho na água fria. Senti-lhe a solidão, uma parte de mim queria se levantar e acenar para as crianças, chamá-las para brincar com ele. Mas, em vez daquilo, coloquei a mão em seu ombro e o avisei.

— Por que não posso falar com aquelas crianças? — perguntou ele num sussurro.

— Porque somos um segredo.

— Não quero ser um segredo!
— Psiu!

Água e sol. Aves noturnas, *katydids*, urtigas e besouros misteriosos. Árvores *salt cedars** e salgueiros. Lagostins cegos nadando ao revés pelo lago da caverna e a voz de John Denver soando arrastada, enquanto as pilhas começavam a abandoná-lo como o motor de seu avião.

Coloquei os três soldados de Duncan em torno da caverna. Aquela era uma missão de tempos de paz, numa terra tão calma que não havia nada para proteger. Ainda assim, eles mantinham as armas de prontidão enquanto aguardavam, um agachado e dois de pé, numa floresta de estalagmites.

Duncan ignorou os homens do exército. Estava cansado deles, e nós tínhamos um jogo novo, um que chamávamos de Histórias de Lanterna. Eu movia o facho da lanterna em torno da caverna e contava a história da formação que brilhava sob a luz amarela.

— Era uma vez um garotinho. Você o vê? Vê seu pequeno boné de beisebol? — Eu baixei o feixe de luz. — Ele tinha um cãozinho. O menino e o cão iam a todos os lugares juntos. É claro, havia uma bruxa malvada... — O facho deslocou-se até uma estalactite, cheia de protuberâncias e molhada. — ...e a bruxa queria o cachorro para bicho de estimação. Assim, um dia, quando o menino estava dormindo, a bruxa voou acima dele, agarrou o cão e fugiu.

— O cachorro não era pesado demais para a vassoura?

— Não, era um cão bem pequeno, como um lulu-da-pomerânia. O garotinho ficou terrivelmente triste. Felizmente... — O feixe da lanterna tornou a se mover — ...ele tam-

---

* *Salt cedars*: árvores que ocorrem ao longo dos principais rios da região do deserto de Chihuahuán.

bém tinha um lobo de estimação. Vê as presas? Assim, o menino e o lobo encontraram a bruxa; o lobo comeu-a e conseguiram pegar o cachorro de volta.
— O lobo não comeu o cachorro?
— Não. O lobo comeu o Barney.
Duncan nunca temera a escuridão da caverna; era capaz de se locomover dentro dela como os peixes e os morcegos, sabendo instintivamente onde colocar as mãos e os pés. A cada noite eu apagava mais duas velas, e a luz ia diminuindo gradualmente. Deitava-me ao lado de Duncan e afagava-lhe o cabelo, sentindo-lhe a textura sedosa entre os dedos, deslizando-os pelas mechas até as pontas, gentilmente para não acordá-lo. Nossos gestos tinham sido previstos ao longo dos séculos, já transformados em pedra. Numa outra cavidade da caverna, uma mãe beijava o filho na fronte, como eu fazia com meu próprio filho. Eu tentava arduamente não pensar em David, mas, às vezes, ele era tão real como o calor pegajoso de cera pingando, e eu podia ver não apenas seu rosto, mas seus gestos, e uma parte de mim queria despertar Duncan de seu sono e esquecer todos os meus sonhos com um santuário. Navegar de volta pelo rio, encontrar o carro queimado e dirigir sua carcaça enegrecida de volta até Ohio. Mas eu não podia. Mesmo antes de ter perdido sua sanidade mental, o pai de Duncan fora tão incapaz de nos proteger quanto o de Linda fora de proteger a filha.

Uma noite sonhei que Linda estava zanzando pela caverna em seu vestido diáfano, encontrando a floresta de estalagmites, roubando os soldados de Duncan e metendo-os dentro de sua bolsa. Tinha aquele mesmo ar de rainha no rosto, o mesmo sorriso distante. Quando acordei de manhã, Linda desvanecera-se, e o soldados continuavam em seu lugar.

* * *

Nós íamos tentar pescar pela primeira vez, uma atividade que eu adiara por mais de uma semana. Sentamo-nos numa pedra plana no rio, e Duncan observou-me passando a linha pelo aro de um anzol prateado e, depois, dar-lhe cinco nós. Lembrei-me vagamente de umas poucas pescarias quando criança com minha mãe, que o que mais adorava era colocar um chapéu de aba larga de palha, tirar algumas lagartas de catalpa da árvore do quintal da frente e rumar para o rio Red. Não me lembrei de muita coisa, apenas de que eu costumava ficar entediada facilmente e de que sorte, paciência e preces podiam ser todas reunidas para formar uma espécie de isca.

Duncan cruzou os braços. Não proferira palavra havia quase dez minutos, e, pela expressão em seu rosto, eu soube que uma tempestade estava se aproximando.

— Meu bem — falei pela quinta vez —, qual é o problema?

— Papai não está aqui.

— Já disse a você, tem de ser paciente.

— Sou paciente! — Ele elevou a voz. — Tenho esperado e esperado!

— Não tem sido assim tanto tempo.

— Eu contei as pedras na pilha! — gritou ele. — Havia tudo isto! — Mostrou oito dedos. — Quero enviar um mapa a papai e lhe dizer onde estamos.

— Duncan, fique quieto. Alguém poderia ouvir você.

— Não quero ficar quieto. — Ele jogou a cabeça para trás, berrando: — Papaiiiiiiiiiiii! Papaiiiiiiiii!

Peguei-lhe o braço.

— Pare! Quer voltar à caverna?

Duncan parou de gritar e me encarou furiosamente, com o rosto muito vermelho.

— Odeio a caverna.
— Não, não odeia.
— Odeio, sim.
Senti uma terrível culpa, olhando para ele.
— Por que não fazemos isso? — perguntei, enfim. — Por que não desenhamos um mapa para seu pai logo mais à noite, quando voltarmos à caverna? Então nós o colocaremos dentro de um vidro e o jogaremos no rio.
— E se outra pessoa o encontrar?
— Colocaremos o nome dele no mapa.
Aquilo pareceu apaziguar Duncan um pouco. Ele abraçou os joelhos e me observou dar mais um nó.
— Veja! — exclamei, triunfante; ergui a linha e o anzol brilhou sob a luz do dia. — Eu preparei um anzol de pesca, Duncan! Minha mãe teria ficado tão orgulhosa. Espere um minuto. Droga! Como eu coloco a chumbada? — Suspirando, cortei a linha, coloquei a chumbada em formato de sino e tornei a amarrar o anzol. — Assim não parece certo também — comentei, inspecionando a linha. — O anzol está usando a chumbada como um chapéu.
Duncan virou a cabeça para olhar para os penhascos de pedra calcária do desfiladeiro, rio abaixo, onde urtigas cresciam.
— Bem — falei —, acho que funcionará. Agora temos de colocar um flutuador. — O flutuador mostrou-se igualmente complicado. Pressionei o topo dele, e um pequenino gancho saiu da parte de baixo. Mais um gancho projetou-se do topo também, e eu lutei com o apetrecho até ficar com a ponta dos dedos dolorida.
— Duncan, você é hábil com as mãos. Veja se consegue colocar o flutuador para a mamãe.
— Não quero.

O calor desprendia-se das rochas. Meu rosto transpirava, a frustração crescia.
— Duncan, querido, posso lhe fazer uma pergunta? Está vendo algum Long John Silver* aqui por perto?
— Não.
— Então me ajude!
Ele não estava me ouvindo. O murmurinho das águas tinha toda a atenção dele, ou o vento nos carriçais.
Finalmente o flutuador comportou-se, e eu cortei um pedaço de presunto enlatado Spam com um canivete e o moldei no anzol.
— Há peixes-gato neste rio — falei, tentando fazer as pazes com Duncan. — E são grandes. Jamais pesquei um, mas ouvi dizer que são bons para comer.
— Não quero peixe. Quero chocolate.
— Vê algum coelho da Páscoa por aqui?
— Você não é engraçada.
— Já me disseram. — Atirei a isca na água e esperei, com a outra ponta da linha de pesca enrolada na minha mão. O flutuador manteve-se tão imóvel quanto meu filho. Puxei a linha de volta e vi que o pedaço de Spam tinha desaparecido do anzol. — Ele deve ter caído — observei. — Vou escrever à empresa Spam a respeito de seu produto defeituoso. — Cortei outro pedaço, coloquei-o como isca no anzol e tentei novamente.
— Papai sempre deixa bombons na gaveta de sua mesa — declarou Duncan de repente, acusador. Eu sabia. Muitas tinham sido as vezes em que eu procurara uma caneta naquela gaveta e tivera de remexer um amontoado de embalagens de bombom amassadas.

---

* Long John Silver: pirata da perna-de-pau, personagem de *A Ilha do Tesouro*, de Robert Louis Stevenson.

— Temos outras coisas sem ser chocolate. Temos balas de hortelã.
— Odeio balas de hortelã.
— Desde quando?
Silêncio novamente. Ele tinha todo o direito de me odiar. Eu o afastara de chocolates e do pai.
Sem aviso, o flutuador desapareceu sob a superfície da água, e a linha apertou-se em volta da minha mão. Eu podia sentir algo debatendo-se sob a superfície.
— Peguei alguma coisa! — gritei, tentando controlar o tremor do meu pulso.
Duncan pareceu vagamente interessado. Estreitou os olhos, observando a água.
Os músculos do meu braço começavam a doer. O flutuador descrevia um círculo rápido e pequeno logo abaixo da superfície. O suor escorria pelo meu rosto. O peixe dava a impressão de ser um monstro; a linha apertando cada vez mais meu pulso. Enfim, levantei-me e caminhei ao longo da pedra, arrastando o monstro comigo. Saltei da pedra e continuei andando, cerrando os dentes e puxando com toda a força. Quando olhei para trás, um imenso peixe-gato debatia-se na margem, as nadadeiras agitavam-se na terra fofa, desenhando um anjo de areia, e então ficou imóvel, seus flancos arfando. O pensamento de que ele deveria ter pulmões de verdade e um coração de verdade, vermelho e quente, encheu-me de dor.
Duncan correu pela pedra, saltou até a margem e inclinou-se para inspecionar a criatura.
— Ele morde?
— Eu não sei. — Rapidamente me aproximei e tentei virá-lo. O peixe-gato moveu-se de súbito, e uma das pontas afiadas ao longo de seu dorso entrou em minha mão. Soltei um grito, afastando a mão. A dor era intensa. Sangue co-

meçou a escorrer da minha palma, e me senti grata pela expressão de preocupação que surgiu no rosto de Duncan.

— Mamãe!

— Mamãe está bem — falei calmamente, enroscada em linha de pesca e sangrando.

— Está muito ferida? — perguntou Duncan ansiosamente.

— Não, meu anjo. Ele apenas me espetou. Eu não sabia que peixes eram tão perigosos.

Sangue escorreu da boca do peixe-gato, e ele emitiu um gemido baixo, suplicante, como um gato ferido miando.

— Ele está chorando! — disse Duncan, esquecendo-se por completo de mim e da minha mão machucada.

— Ele não está chorando. Apenas está fazendo um som engraçado. É por isso que o chamam de peixe-gato, acho eu.

Mas o som suplicante continuou, apunhalando meu coração. Os olhos do peixe eram negros como breu e inexpressivos, mas seu corpo arfava, e a nadadeira caudal se agitava.

— Mamãe, jogue-o de volta! Deixe-o viver!

Um nó formara-se em meu estômago, a mão latejando. Fechei os olhos, respirando fundo algumas vezes.

— Querido, não posso jogá-lo de volta. Ele morrerá de qualquer modo. Vê? Está sangrando. Não quero matá-lo. Mas temos de fazer isso. Temos de comer. É apenas um peixe. Não sentirá nada.

O peixe-gato tornou a gemer.

— Mamãe — declarou Duncan em tom decisivo —, você é má.

Seguiu-me em silêncio de volta até a caverna, enquanto eu escalava as rochas, tomando cuidado com cactos e urtigas, a mão sã segurando a linha embaraçada, e o peixe ali dependurado. Era pesado, com quase dois quilos; meu braço doía. Senti uma gota caindo no joelho quando subia por uma escarpa, e a sensação me fez olhar para o céu, à procura de uma nuvem de chuva e, depois para minha perna, onde vi meu sangue escorrendo.

Quando chegamos à boca da caverna, coloquei o peixe-gato numa pedra pequena e plana. Minha mãe costumava falar sobre limpar peixe. Eu não tinha idéia de como ela o fizera. Minha cabeça latejava. Encontrei uma pedra larga e lisa e ajoelhei-me ao lado do peixe.

— Duncan, vá até dentro da caverna e busque a faca da mamãe.

— Não.

Ergui os olhos para fitá-lo. Ele estava parado ali, o peito despido, os braços cruzados.

— Você disse "não" para mim? — perguntei, com um tom de aviso na voz.

Uma gota do meu sangue pingou no peixe, cuja pele preta começava a enrugar sob o sol.

— Não estou lhe pedindo, Duncan. Estou mandando você entrar na maldita caverna e trazer minha maldita faca. — Minha voz se elevava. — Mamãe parece estar se *divertindo*, hein? Pois não estou. Eu estou fazendo isto porque é o que tenho de fazer para que possamos comer peixe no jantar.

— Não quero peixe! — gritou Duncan. — Eu quero *chocolate*! E quero o *papai*!

Eu me levantei e o olhei furiosamente.

— Eu quero *chocolate*. Eu quero o *papai*. — Falei em voz alta e chorosa, zombando dele, e imaginei meu próprio rosto contorcido, minha careta mais feia.

O peixe-gato gemeu atrás de mim.

— Estamos aqui há apenas oito dias. Quantas vezes você realmente viu seu pai nos últimos seis meses, Duncan?

Aquilo pareceu aturdi-lo. Ficou boquiaberto. Olhou para a própria mão. Um polegar pequeno dobrou-se, um dedo indicador. Ele estava contando. Meu coração se partiu.

— Querido — sussurrei. — Mamãe sente tanto. Mamãe não quis dizer isso.

O polegar e o indicador de Duncan desdobraram-se.

— Mamãe só quer que você fique feliz. Apenas isso. Não estamos felizes aqui, meu amor?

Ele não hesitou.

— *Você* está feliz. — Virou-se e afastou-se depressa, desaparecendo atrás de um arvoredo.

Fiquei ali, trêmula, os dentes batendo. Ajoelhei-me ao lado do peixe.

— Seus filhos lhe dão todo esse trabalho? — sussurrei.

Não houve Histórias de Lanterna naquela noite. Tirei apenas metade da pele do peixe e, enquanto eu o virava no espeto, pareceu que ele estava usando um colete de esgrima. Duncan recusou-se a sequer prová-lo. Não falou mais comigo.

Após o jantar, sentei-me na beirada do lago e lavei a mão na água fria, cristalina. Sangue escorria do corte na minha palma; pareceu atrair os peixes cegos, que ficaram nadando em círculos em torno da nuvem rosada. Duncan estava sentado de pernas cruzadas em seu saco de dormir, mordiscando a unha do polegar, o olhar fixo no vazio. Ainda tinha o peito despido; a barriga branca e saliente curvava-se acima da cintura da calça.

— Você quer vir nadar comigo? — perguntei-lhe.

Ele sacudiu a cabeça. Senti-me envergonhada, como algo sujo e pegajoso naquela bonita caverna, arruinando a água, envenenando os morcegos e matando a pedra viva. Arrastei-me para fora do lago e caminhei devagar até os sacos de dormir, pingando água. Deitei-me com minhas roupas encharcadas, sentindo o calor da vela mais próxima junto ao rosto. Duncan também se deitou, de costas para mim. Fechei os olhos e senti cheiro de árvore *mesquite*, sangue, guano e peixe martirizado.

Acordei em pânico, meu coração batendo alucinadamente. Estiquei de imediato a mão e toquei um saco de dormir vazio, sentindo o chão duro abaixo.
— Duncan — sussurrei. — Duncan!
Procurei ansiosamente os fósforos, não consegui encontrá-los, corri as mãos por sólida escuridão.
— Duncan! — sussurrei. — Por favor, responda! Você está assustando a mamãe! — Minha mão bateu em algo que rolou para o lado. A lanterna. Liguei-a, corri o facho em torno da caverna. A luz revelou colunas, saliências, figuras e o brilho vítreo do lago, mas não meu filho. Novamente, apontei a lanterna em volta da caverna. E, mais uma vez, nada vi. Levantei-me e andei cambaleando na direção da abertura da caverna, correndo o feixe de luz ao meu redor. Quando cheguei à entrada, o ar fresco do deserto atingiu minhas roupas molhadas e estremeci.
— Duncan! — chamei. — Duncan!
Não conseguia encontrar meu garoto. Minhas pernas despidas roçaram *lechuguilla*, os pés descalços rasparam em rochas. Tropecei e caí. Um corte abriu-se em meu joelho. Esforcei-me para levantar e comecei a correr, cambaleando em torno de pedras e árvores. Luz irradiava-se da lua cheia e das estrelas no céu, mas nada se movia naquela paisagem. Freneticamente, desci a ribanceira até o rio, abrindo os carriços e gritando o mais alto que podia, implorando a Duncan que respondesse, dizendo-lhe que eu jamais mataria outro peixe, que faria qualquer coisa que ele quisesse e que eu sentia muito, que sentia muito.

Agitada, molhada, com frio e sangrando, procurei por ele durante uma hora antes que um pensamento me ocorresse abruptamente.

Talvez Duncan não tivesse deixado a caverna.

Virei-me e subi de volta a ribanceira. Junto à abertura da caverna, pisei descalça em algo duro e pegajoso, algo que rolou debaixo de mim e me fez perder o equilíbrio e cair de costas. Virando a cabeça descobri, encarando-me, a meio palmo de distância, a cabeça escura e cortada do peixe.

Duncan e eu tínhamos estado numa outra cavidade atrás da parte principal da caverna, mas não havíamos nos aventurado a ir além daquele ponto. Manquei até a parede dos fundos daquela cavidade e entrei pelo corredor que se abria perto de um camelo de três corcovas. O ar era carregado com excremento de morcego ali; fez meus olhos arder. O corredor abriu-se em outra cavidade. Apontei o facho da lanterna para cima e vi um teto repleto de dentes alaranjados. Caminhei ao redor lentamente, tomando cuidado para não bater numa coluna ou pisar em algo pontudo.

Quando cheguei ao centro da cavidade, parei e mantive os ouvidos atentos, correndo o feixe de luz em torno das novas formações, das novas histórias. Um homem com asas. Sete águias disputando um ninho. Pégaso atirando longe um pirata de perna-de-pau. Um tabuleiro de xadrez no qual o rei ficava perpetuamente preso. E a um canto, uma jovem formação. Com seis anos de idade e crescendo.

Capítulo IX

Ao longo de doze anos, meu pai percorrera toda a Geórgia num Impala bicolor, vendendo vitaminas. Não havíamos possuído muito dinheiro, e ele contava apenas com um traje para usar em suas viagens: um terno risca-de-giz de abotoamento duplo, um tanto folgado nos ombros. Havia sido um grande vendedor, ou fora o que minha mãe me contara. Ele realmente acreditava que certas vitaminas eram capazes de devolver flexibilidade às juntas, fortalecer o sangue e dar uma cor rosada à pele, o que significava que os vasos capilares estavam irrigados novamente. Levara sua crença de porta em porta com ele, falando insistentemente com donas-de-casa, velhas e crianças pálidas, magras, carentes de vitamina B12. Possuía um bom par de sapatos Windsor, e minha mãe costumava engraxá-los antes de cada viagem, deixando-os junto à porta do banheiro. E ali me sentava eu, na beirada da banheira, para observar o ritual. Ele costumava se barbear cuidadosamente, pentear os cabelos com loção capilar e, então, colocar o terno e os lustrosos sapatos pretos. Sempre que se inclinava para me dar um beijo de despedida, exalava uma fragrância acentuada, fresca, cheirando vagamente a fruta.

Junto a nossa cerca dos fundos, florescia um tapete de ipoméias, originárias de um pacote de sementes doadas por minha santa avó. Quando bem pequena, eu acreditava que, se colocasse uma flor ou duas dentro do porta-luvas do meu pai, poderia lhe dar alguma proteção divina em suas viagens. A cada vez que ele retornava, com os sapatos opacos, eu escapulia invariavelmente até a garagem para abrir o porta-luvas, as flores secas caindo para fora, sua missão cumprida. Ele nunca as mencionou a mim; não sei se algum dia as notou, ou se fizera alguma idéia de seu poder.

Quando completei dez anos, parei de colocar flores no porta-luvas dele; estava ocupada fazendo outras coisas. Havia descoberto os bóbis quentes de minha mãe e passava o tempo olhando para meus novos cachos no espelho. Um dia, no início de maio, meu pai foi atingido por um motorista embriagado logo na saída de Athens, Geórgia; morreu num hospital dois dias depois. Não pude deixar de pensar que eu havia falhado em protegê-lo; num ato de egoísmo eu havia cuidado dos meus próprios cachos de cabelo. Pus-me de castigo durante meses, sentada no meu quarto, olhando pela janela e rezando por outra chance.

Quando Duncan acordou, seu humor melhorara drasticamente. Cantarolou uma canção matinal para si mesmo, enquanto eu fervia de raiva no meu saco de dormir. Garoto levado. O machucado na minha mão ainda latejava, tinha as solas dos pés sensíveis e uma crosta de sangue seco no joelho direito.

— Mamãe? — sussurrou ele.

Mantive os olhos fechados, fingindo dormir. Era apenas um menino, disse a mim mesma, mas não pude deixar de me lembrar do meu pânico no escuro e de imaginá-lo escondido no fundo da caverna ouvindo-me gritar seu nome.

Escutei-o remexendo as coisas ao redor e, então, houve silêncio. Quando abri os olhos, ele não estava mais ali por perto.

— Duncan?

Não houve resposta.

Eu me vesti e segui até a abertura da caverna em completa escuridão. Duncan estava de costas para a caverna, olhando para o sol nascente, ainda cantarolando sua canção. Parou quando ouviu meus passos.

— Não está um lindo dia, mamãe? — perguntou-me, virando-se e sorrindo. — Olhe para o sol! Veja quantas cores diferentes.

— Sim, lindo — respondi, mal-humorada. Besouros tinham encontrado a cabeça do peixe-gato e cobriram-na com seu corpo preto. Formigas haviam-na encontrado também. Uma barbatana e um olho tinham desaparecido.

— Você dormiu bem, mamãe?

Meu coração derreteu um pouquinho.

— Bastante bem.

A cabeça do peixe-gato estava me deixando nauseada. Eu não deveria tê-la deixado tão perto da caverna. Olhei ao redor à procura de um graveto com o qual pudesse movê-la e meus olhos pousaram em algo próximo à entrada.

Peguei o objeto.

— O que é isso? — Duncan aproximou-se.

— É uma barra Hershey.

— Chocolate? — perguntou ele, entusiasmado.

Soltei a respiração. Havíamos sido descobertos.

Com que rapidez as pessoas apinham um espaço com suas próprias coisas, apegam-se a ele, tanto que se mudar dali é penoso. Passei o dia todo carregando nossos suprimentos pelo corredor até a cavidade mais afastada, trabalhando sob uma oscilante luz de vela; estava realmente muito escuro para enxergar, e eu andei aos tropeços nas sombras.

Não deixei Duncan comer a barra de chocolate. Não era seguro. Ele não queria deixar aquela outra parte da caverna, o lago que passara a adorar. E os soldados pareciam tão naturais em seus postos na floresta de estalactites que se queixou quando os tirei de lá.

— Eles ficarão felizes em montar guarda num novo quarto — assegurei-lhe.

— O chão é irregular demais aqui — alegou ele. — E este lugar cheira mal.

— Isso é esterco de morcego. Você se acostumará. — Quando falei, ouvi um estranho tremor em minha voz, o que me incomodou. Ouvira aquele som antes. Costumava surgir um pouco antes de meu coração começar a disparar e de meus pensamentos perderem seu sonar, colidindo uns com os outros num turbilhão. Eu costumara ter remédio para aquele estado, mas ele se transformara em poeira e agora achava-se na dobra do chapéu de algum caubói em Panhandle.

Éramos uma mãe e um filho, vulneráveis e fracos, e alguém do mundo externo precisava apenas de uma lanterna para entrar no nosso. Quem quer que tivesse deixado aquela barra na entrada devia ter ouvido nossa discussão por causa de chocolate no dia anterior. Ainda assim, encarei aquilo não como um gesto generoso, mas como um ato de guerra.

— Odeio este quarto — anunciou Duncan.

— Você gostou dele o bastante ontem à noite — berrei-lhe e, então, arrependi-me de imediato. Os ombros dele caíram.

— Oh, filho. — Corri a mão por seus cabelos. — Você apenas assustou a mamãe, isso é tudo. Mas tenho uma surpresa para você. Vamos fazer algo divertido.

— O quê?

— Você verá.

Peguei um galho de choupo que arrastara até o interior da caverna mais cedo e comecei a desbastá-lo com meu canivete, ainda sujo de sangue do peixe. Duncan arregalou os olhos quando viu uma arma tomando forma. Queria brincar. Preparou seus soldados.

Vinte minutos depois, eu tinha uma lança, curvada ligeiramente na parte do meio, mas tão afiada que eu mal podia apertar a ponta com o polegar.

— Também quero uma lança! — gritou Duncan.
— Talvez no Natal.
— Estou com tédio. Quero ir até lá fora. — Ele moveu-se inquietamente pela caverna, rodopiando com os braços esticados, até que ficou tonto e caiu no chão.

— Amanhã — prometi, mas não tive certeza de quando seria seguro tornarmos a sair.

Antes de dormirmos, empurrei algumas pedras até diante da abertura que dava para o corredor, empilhando mais umas poucas em cima delas.

— Como vamos sair? — indagou Duncan.
— Tornaremos a afastar as pedras.

Deitamo-nos em nossos sacos de dormir, com a lança próximo a minha mão direita.

— Você está com medo, mamãe?
— É claro que não. Não seja bobo.

Eu não colocara música durante alguns dias porque as pilhas do aparelho de CD estavam fracas. Mas eu necessitava de John Denver naquela noite. Uma vez que precisava ficar atenta a quaisquer ruídos vindos de fora daquela cavidade de barro e pedra, baixei o volume até que a voz dele tornou-se um mero sussurro. Suas letras naquela noite não pareceram felizes. Soaram como um aviso. Depois de alguns minutos, desliguei o aparelho e deite-me acordada no escuro, os olhos bem abertos.

Na manhã seguinte, removi as pedras da passagem e aventurei-me cuidadosamente até o lado de fora da caverna. Logo além da entrada, encontrei outra barra de chocolate Hershey.

Capítulo X

Agachei-me sob o luar, a lança em punho, observando a entrada da caverna detrás de uma árvore. Duncan e eu havíamos passado mais um dia encolhidos de medo na nova cavidade da caverna após a descoberta da segunda barra de chocolate, e eu decidira que não seríamos mais prisioneiros. Agora, enquanto Duncan dormia, eu esperava o estranho.

Os grilos estavam à solta naquela noite, e o vento soprava-me os cabelos no rosto. As coisas estavam em movimento a minha volta, criaturas que passavam rapidamente pela palha seca e por entre as folhas das árvores. A ribanceira estalejava feito uma casa velha, enquanto eu ficava atenta a possíveis passos. Ouvi um suspiro a minha esquerda e olhei rapidamente, vendo o lampejo de algo que poderia ser um vestido diáfano.

— Linda — disse eu, e o vento soprou a gaze de um amontoado de folhas brilhantes.

Consegui me lembrar com tanta clareza de cada parte do dia em que Linda morrera, de cada gesto, de cada palavra.

Naquele dia, coloquei um sanduíche de pasta de amendoim e geléia, uma maçã e uma barra Snickers na lancheira de Duncan. Segurei a mão dele e a de Linda também e caminhei entre ambos até o ponto de ônibus. A conversa que tivemos foi meramente um grupo de palavras dispersas, "veja aquilo", ou "quando nós", ou ainda "o que você acha". Poderíamos pegar aquelas palavras e usá-las como o modelo básico para qualquer conversação. Era possível propor casamento com elas ou vender um quadro. Coloquei as crianças no ônibus e fui trabalhar.

O velho apareceu e mostrou-se mais saudoso do que de costume. Contou-me uma história sobre a primeira esposa. Ambos haviam alugado uma cabana e vivido junto a um lago durante duas semanas, e ele a ajudara a lavar os cabelos no lago. Lembrara-se de como o xampu cheirava a jasmim e de como os cabelos pareciam seda movendo-se por entre seus dedos. Atei suas flores e o coloquei em seu caminho. E não aconteceu nada fora do comum.

À uma e meia, uma mulher que eu não conhecia entrou na floricultura e olhou diretamente através das rosas no refrigerador, como se estivesse em transe. Perguntei se poderia ajudá-la, e ela disse:

— Você ouviu?

Era evidente que eu não tinha ouvido. Não havia rádio algum na floricultura. Eu arrumava flores num vaso e, quando ela me relatou a notícia, parei o que estava fazendo e corri pela porta da frente, deixando o buquê com excesso de margaridas Shasta e pouca hera.

Não era seguro dirigir pelas ruas naquele dia. Mães transtornadas tentavam chegar à escola, subindo na guia e avançando o sinal, ultrapassando demais motoristas, desviando da rua e tornando a voltar, piores do que bêbedos. A polícia isolara a escola, sirenes soavam, helicópteros sobrevoavam o local. Um cheiro de grama cortada e o ligeiro odor de pólvora. Um policial gordo, de voz desagradável, ficava nos empurrando para trás, agitando os braços, e nós, o grupo de mães, fomos nos espremendo, até nos tornar apenas uma mãe; sabíamos as mesmas receitas, dávamos o mesmo tipo de laço, cantávamos canções de ninar no mesmo tom, tínhamos um medo e um desejo. Atrás de nós, nossos carros haviam sido estacionados desordenadamente, alguns com as chaves ainda na ignição. Repórteres de noticiários estavam por toda a parte, mas ninguém falava com eles. Estiquei o pescoço, olhando na direção da escola. As crianças estavam sendo mantidas em algum lugar. Ninguém sabia de nada.

Pelo canto do olho, vi a mãe de Linda. De estatura menor do que a do restante das mulheres, estava na ponta dos pés, tentando ver. Tinha o rosto tenso, um músculo que se iniciava no arco de seu pé retesando-se no pescoço. Mais tarde, repassei a imagem dela repetidas vezes na mente, mas, na minha imaginação, coloquei os braços em torno de sua cintura e a ergui bem acima da multidão de mães, seu corpo era bastante pequeno e leve.

Amanheceu no deserto. As estrelas haviam sumido, e o céu estava róseo, porém a lua ainda se detinha por entre as nuvens. Meu pescoço doía, a lança pesava em minhas mãos. Ouvi as criaturas matinais rastejando na direção das rochas, que já teriam se aquecido até o meio-dia. Estava prestes a entrar de volta na caverna quando ouvi um passo. Não um do tipo indefinível, baseado puramente na imaginação e no balanço natural dos galhos, mas um tão nítido que meu coração parou. Agachei-me e esperei.

Outro passo. Abaixei-me mais, ficando rente ao chão. Aquele estranho não entraria na caverna, onde meu filho dormia. Teríamos uma batalha sangrenta primeiro, e cientistas do futuro encontrariam nossos restos, removendo a terra com seus pequeninos pincéis, até que vissem meu esqueleto abraçando o do estranho. Através dos ossos da caixa toráxica dele, encontrariam a madeira afiada da minha lança artesanal.

Prendi a respiração quando o estranho apareceu caminhando até a entrada da caverna tão casualmente que seria de se pensar que estava entregando a correspondência. Durante minhas horas de espera em meu estado de pavor, ele crescera dez metros e escurecera, adquirindo o tom negro de breu de um demônio, munira-se de armas e trocara sua voz por um rosnado ameaçador. Mas a luz rósea da manhã afastara todos aqueles horrores. O homem que eu via agora era alto e magro, usava *jeans* surrado, botas apropriadas para o deserto e uma camiseta com uma camisa xadrez vestida por cima. Levava uma mochila às costas. Tinha um rosto fino, amistoso, e cabelos claros em desalinho, e, enquanto se ajoelhava, parou para coçar a barba. Metendo a mão no bolso da camisa, tirou dali uma barra de chocolate Hershey, ergueu-a como se estivesse se protegendo do brilho intenso do sol com um visor de chocolate. Ele, então, colocou a barra Hershey cuidadosamente perto da entrada.

Saltei de meu esconderijo com um grito estridente. Ele levantou os olhos na minha direção, gelando.

— O que está fazendo aqui? — interpelei-o, minha lança apontada para o coração dele.

O homem abriu e fechou a boca. Eu não esperava aquela imobilidade da parte dele. Pensei que lutaria comigo. Eu estava pronta para lutar com ele. Destinada àquilo, pensei.

— Alto lá, irmã — disse o estranho, enfim, mantendo-se ajoelhado. — Não precisa começar o dia atravessando minhas tripas com uma lança.

— O que você quer?

O homem sorriu e apontou para a barra Hershey, como se fosse uma carta enviada com ele pelos anciãos de alguma tribo estrangeira e ela fosse explicar tudo.

— Sim, estou vendo a barra de chocolate. Por que você a trouxe?

Ele ergueu um pouco as mãos, as palmas viradas na direção do céu nublado.

— Era apenas um presente. Ouvi você falando sobre chocolate no outro dia. Achei que talvez estivesse com fome. Isso é tudo. — Sua barba era da cor de ferrugem de estalactites manchadas com elementos de ferro.

— Não quero seu chocolate. Você é um estranho. Não o conheço. O que quer com a gente?

— Como eu disse. Nada. Se realmente quisesse algo, você não acha que eu teria entrado na caverna?

Não respondi. Estava quase desapontada com o fato de que ele não me amedrontava. Minha adrenalina era um líquido inútil ali, como Windex, ou colônia. De repente, senti-me tão cansada que mal podia ficar de pé.

— Posso me levantar? — perguntou o estranho.

— Sim. Mas não chegue perto de mim.

Ele pôs-se de pé e, metendo as mãos nos bolsos, chutou uma pedra.

— Se você não gosta de barras de chocolate Hershey, tenho quebra-queixo.

— Não estou caindo nessa sua conversa sobre doces. — Sacudi um pouco a lança de maneira enfática. — Não tenho medo de usar isto, se for obrigada. Sabe, aprendi muito sobre mim mesma recentemente. Costumava pensar que era incapaz de ferir um ser vivo. Mas poderia, se fosse encurralada, se tivesse de fazê-lo. Poderia sem pestanejar. Talvez isso me torne má. Eu não sei.

Ele me fitou por um momento e começou a rir. Riu tanto que fechou os olhos e segurou o estômago.

— Sua lança — disse, ofegante — é torta.

— E daí? É afiada.

O homem fez grande esforço para parar de rir. Quando conseguiu, abriu os olhos, afastou a mão do estômago e endireitou as costas.

— Atire-a em mim.
— Você se arrependerá.
— Faça-o.

Ainda assim, hesitei, e, como se estivesse ciente de que eu precisava de mais um gesto ameaçador para matar a sangue frio, o estranho deu um passo na minha direção. Atirei a lança nele. Ela avançou por poucos palmos e desviou até um arbusto, esparramando bagas arroxeadas.

Ficamos ali em silêncio.

— Vou tentar a melhor de três — propus eu.

Ele pegou a lança e entregou-a a mim.

— Eu poderia fazer uma melhor para você.
— Isso acabaria com a finalidade, um assassino nômade qualquer ajudando a fazer armas contra ele próprio.
— Eu sou um assassino nômade?
— Ou apenas uma praga. Ainda não cheguei realmente a uma conclusão.
— Você é engraçada. Qual é o seu nome?
— Não tenho nome.
— Você é bastante misteriosa. Deveria conhecer minha ex-esposa. No que me diz respeito, ela não tem nome também. — Ele estendeu a mão e, então, deixou-a cair ao longo do corpo quando a ignorei. — Sou Andrew. Lamento tê-la assustado. Não foi minha intenção. Apenas ouvi sua voz no outro dia, e você pareceu assustada, ou zangada. Eu já a tinha visto uma vez antes, banhando-se no rio.
— É mesmo?
— Não vi nada — apressou-se ele a assegurar. — Eu me virei.
— O que você quer? Por que está aqui?

— Quer dizer, aqui? — Ele fez um gesto amplo com os braços. — No meio do nada? Apenas quero um pouco de paz. Um lugar onde possa estar e, talvez, esquecer um certo alguém.

O homem pareceu desolado. Suspirei e baixei a lança, mas não lhe pedi que se explicasse.

— Vamos. Diga-me seu nome.

— É Martha.

— É um bonito nome. E, então, Martha, o quê...

— Ouça, foi bom conversar com você e lhe desejo sorte, mas esta é minha caverna e, mais importante, este é meu segredo. Tenho de lhe pedir que me deixe em paz. Tenho passado por muita coisa, e, se você for realmente tão bondoso quanto parece, respeitará isso.

— Sei que passou por muita coisa. Uma mulher teria mesmo de ter passado, vindo para este deserto e tentando viver sozinha.

Eu quase o lembrei de que não estava sozinha, que tinha meu filho comigo, mas contive-me.

— Tenho me saído bem, para uma mulher louca.

— A loucura é bastante subjetiva. Especialmente aqui. Fui acusado de loucura por mulheres. Do meu ponto de vista, era apenas amor.

— Adeus, Andrew. — Larguei a lança e andei na direção da caverna.

— Você está fazendo algumas coisas de maneira errada.

Parei e me virei.

— Como o quê?

Ele olhou ao redor e notou a cabeça do peixe-gato.

— Não se deve deixar nenhum tipo de comida perto da entrada de uma caverna. Isso atrai animais e insetos, algo que você não quer. Você também precisa ter muito cuidado ao se banhar naquele rio. Contém poluentes. Tem até vestígios de cianureto, perto das antigas minas de mercúrio. Apenas procure não engolir a água.

— E quanto aos peixes daqui? É seguro comê-los?

Ele deu de ombros.

— Nunca me fizeram mal.

— Há quanto tempo você está nesta região?

— Não sei. Não conto os dias. Para que se importar com isso quando não se pretende voltar mais?

Eu não sabia por que ainda estava conversando com ele, por que não o mandei embora. Percebi, de repente, quanto tinha estado solitária. Mas a presença dele ali era uma ameaça para mim. Se aquele homem pôde me encontrar, David poderia também.

— Por que escolher este deserto entre tantos outros? — perguntei-lhe.

— Eu tinha um amigo na época da faculdade que era formado em geologia. Ele estava escrevendo sua tese sobre as formações rochosas daqui. Acampei com ele junto ao rio durante um mês num verão. Ele sempre disse que este deserto é mágico. Que aqui, todas as coisas são possíveis.

Lembrei-me das palavras do velho. Ele fizera exatamente aquele mesmo comentário, e tive uma rápida visão do homem tentando separar as esposas zangadas enquanto ambas atiravam água uma na outra dentro do rio.

— Deixe-me explicar uma coisa a você. Não vim até o meio do nada apenas para lidar com outra pessoa louca. Segundo meu marido, já sou louca o bastante sozinha. Assim, se você... — Parei de falar. Duncan, parcialmente vestido e com olhos sonolentos, apareceu do lado de fora da caverna.

— Papai?

— Duncan! — gritei. — Volte para dentro da caverna!

Duncan olhou para Andrew.

— Você não é o meu pai.
Adiantei-me até meu garoto e virei-me para Andrew.
— Meu filho vaga pelo mundo, à procura do pai. Como vê, sou bastante promíscua, e ele não faz idéia de quem é o seu pai. — Toquei o ombro do meu filho. — Duncan, este é Andrew. Ele já estava de partida.
— Ei, garoto — disse Andrew. — Como vai?
— Você trouxe chocolate? — perguntou Duncan.
Respondi por ele.
— Não, ele não trouxe, querido. Volte para a caverna.
— Virei-o e empurrei-o de leve. Duncan deu um passo e parou. Daquele modo, tornei a dar-lhe um ligeiro empurrão e, depois, outro. Finalmente meu filho entrou na caverna e desapareceu.
— Ele é cabeça-dura — falei, virando-me. — Mas é um bom menino, especialmente levando-se em conta o que tem passado.
— Quantos anos ele tem, Martha? — A voz de Andrew soou gentil e preocupada. Se era um homem mau, tratava-se, sem dúvida, de um dos grandes atores do deserto dos nossos tempos. Meu nome soou estranho aos meus próprios ouvidos. A última pessoa que o dissera fora David, na noite em que eu partira. Falara-o ao meu ouvido, em nossa cama, em nossa casa no subúrbio. Agora meu nome soava estranho. Talvez não fosse Martha, afinal. Talvez fosse Julie, ou Gretchen.
— Duncan tem seis anos. Queremos o mesmo que você. Viver em paz. É um deserto grande. Vá para algum outro lugar.
— Entendo o desejo de paz. Apenas me preocupo com você, nada mais.
— Você nem sequer me conhece.
— Tem certeza de que ficará bem?

— Absoluta. Sou mais feliz do que jamais poderia ser no mundo real.

Andrew fitou-me.

— Entendo isso. Sou mais feliz aqui também. Estou recuperando minha vida.

— Bem, apenas faça isso em algum lugar rio abaixo.

Ele pegou sua mochila.

— Mais uma coisa — disse-me.

— O quê?

— Não acho que você seja louca, não mais do que eu.

Eu o observei afastando-se, aquele estranho que tinha o nome do meu pai.

Capítulo XI

Durante todo aquele tempo, a caverna mantivera os sonhos ruins do lado de fora, negando-lhes entrada junto com luz celestial. Agora ela deixava o pesadelo me levar, transportar-me de volta para Ohio e me fez pisar no acelerador da velha perua. Logo adiante eu pude ver a escola, as sirenes da polícia piscando e equipes de tevê apontando suas câmaras na direção do prédio de tijolos vermelhos. Todas as mães haviam se reunido. Exceto uma.

Velha e doente, ela estava dormindo. Mais tarde a polícia a acordaria, porque o filho morrera na escola enquanto ela estivera dormindo. Ela diria: não é possível o que estão me contando. Meu filho era um bom homem. Dava-me parte de seu salário todos os meses. Consertou meu encanamento e o aquecedor. E as rosáceas enfileirando-se pelo caminho de entrada da minha casa devem-se inteiramente a ele. Meu filho jamais teria feito uma coisa dessas. Vocês têm o homem errado.

Agora eu estava no grupo de mulheres paradas no pátio da escola, algumas usando roupas de trabalho, tendo descoberto a respeito no meio de seu expediente. Uma ainda segurava uma caneta com força; as mães estavam tão próximas umas das outras que aquela mulher rabiscara a manga da blusa clara da que se achava a seu lado. À minha volta, mulheres choravam.

Policiais e mães só se reúnem quando já é tarde demais. Têm isso em comum, e sua própria impotência os enfurece. Um policial aproximava-se de nós, e ficamos em silêncio, a mãe de Linda ainda pequena, ainda parada ao meu lado, ainda na ponta dos pés. E o policial parecia estar caminhando em câmara lenta, o tempo se arrastando enquanto se adiantava até nós. O silêncio ao meu redor era absoluto, enquanto a multidão se abriu em torno da mãe de Linda, o policial caminhou na direção dela com uma expressão no rosto que eu não pude decifrar realmente. Aquilo era uma terrível loteria; poderia ter sido qualquer uma de nós, mas nos afastamos da mãe de Linda. Demos-lhe bastante espaço e sentimos alívio.

No último momento, o policial parou. Ele virou a cabeça e olhou para mim.

Capítulo XII

Passamos a manhã nos mudando de volta para a cavidade inicial da caverna, onde as histórias ainda mantinham suas antigas formas, retornando ao nosso lago e às pedras lisas onde estendi nossos sacos de dormir. Trabalhei silenciosamente, perturbada por meu sonho. Andrew, o estranho, era o culpado. Embora parecesse inofensivo, interferiu em nossa solidão. Eu sabia que ir mais para o fundo da caverna não nos ajudaria. Eu não tinha maior controle sobre nosso destino ali do que tivera em Ohio. Minha própria impotência me assombrava.

— Quem era aquele homem? — perguntou meu filho pela centésima vez.

— Já lhe disse, Duncan, várias vezes, era um estranho. Estava apenas de passagem.

— Seu nome é Andrew?

— Sim.

— Por que você me fez entrar de volta na caverna?

— Porque não deve falar com estranhos.

— Eu poderia ter-lhe dado uma mensagem. E ele poderia tê-la entregado a papai.

— Andrew não estava indo naquela direção.

— Ele vai voltar?

— Não.

Duncan pareceu desapontado.

— Talvez alguma outra pessoa apareça. Talvez uma criança com quem eu possa brincar.

— Não diga isso! — Eu me contive e prossegui numa voz mais baixa. — Precisamos ter cautela com quem falamos, querido. Você se lembra, estamos tentando ser um segredo. Certo?

— Não gosto de ser um segredo. Isso é chato.

Nossas provisões tinham durado duas vezes mais do que eu previra, mas a carne enlatada estava acabando, e resolvi tentar pescar novamente. Que Deus me ajudasse. Ainda era cedo o bastante naquele dia para que não houvesse muita gente de barco pelo rio, embora precisássemos tomar muito cuidado.

— Não me cause nenhum aborrecimento — falei a Duncan, enquanto reunia meu equipamento de pesca. — Estamos indo pescar e ponto final!

— Certo, mamãe — respondeu ele animadamente.

— Você vive para fazer eu ficar me perguntando, não é mesmo?

— O quê?

— Deixe para lá.

Quando chegamos ao rio, o sol já preenchera o centro da garganta e se espalhava ao redor, da mesma maneira que pessoas lotam uma sala de cinema. Sentamo-nos, e eu comecei a pescar. Meia hora se passou, e o flutuador da minha linha de pesca permaneceu imóvel. Os peixes-gato ainda dormiam, ou contavam a história do amigo que saíra para comer um pedaço de presunto enlatado Spam e nunca mais voltara.

— Mamãe — falou Duncan —, vamos até o desfiladeiro.

As encostas do desfiladeiro estavam repletas de ninhos de andorinhas, e ele queria ver os filhotes. Duncan sempre tivera fascínio por aves. Certa vez, quando tinha quatro anos, encontrou um filhote de azulão na beira do bosque. Levou-o para casa e o colocou numa caixa de sapatos. Na tarde seguinte, olhando pela janela da cozinha, eu o vi ajoelhado ao lado da caixa no quintal dos fundos. Não pude dizer o que ele esteve fazendo e, portanto, acabei indo até lá fora para averiguar. Olhando para dentro da caixa, eu vi que o passarinho morrera. E Duncan estava ajoelhado ali, de olhos fechados. Perguntei-lhe o que fazia; ele abriu os olhos e disse que tentava rezar para que o pássaro voltasse à vida.

— Lamento muito, querido — disse eu. — O passarinho morreu. Você tem de aceitar isso. — Colocando a mão dentro da caixa, eu ergui o filhote de pássaro, seu corpinho frio e liso. Quis dizer ao meu filho que não havia nada de errado com suas preces, que a falha não fora dele. Duncan enterrou seu pássaro perto de um arbusto de gardênias, e, no aroma daquelas flores, manteve a sepultura livre de ervas daninhas durante um mês inteiro.

Lembrando-me daquilo, passei a mão pelos cabelos de Duncan. A história do azulão era uma história de mãe. Era um tipo de história que não precisava de começo, nem de fim, e sua qualidade épica não se originava de grandes guerras ou aventuras, mas de um corte num dedo, de uma nota num boletim, de algo selvagem encontrado no bosque que não ocupava nem sequer o espaço de uma mão curvada. Eu poderia ter contado histórias tão breves que eram apenas detalhes: ele esticando as mãos para pegar algo que lhe joguei, a maneira como mordia o lábio quando desenhava, a postura de seu corpo diante de desenhos animados. Um lagostim esquivando-se do movimento dos dedos dele, recuando num copo descartável.

— Por que está sorrindo? — perguntou-me Duncan.

Garotinhos jamais entenderiam as tolices de suas mães; como, num minuto, podiam repreendê-los e, no seguinte, amá-los tanto que talvez desmoronassem.

— Estou sorrindo porque me sinto feliz. E, sim, se tomarmos bastante cuidado para não ser vistos, podemos ir pescar no desfiladeiro por algum tempo.

Sentada numa pedra baixa, observei o flutuador da minha linha de pesca girando num redemoinho. Era difícil avaliar, às vezes, se o que eu sentia era a corrente ou peixes, o puxão da água ou de um ser vivo. Duncan andara até o pé dos despenhadeiros, olhando para as aves acima.

— Duncan? — chamei-o. — Você está se mantendo de guarda?

— Sim, mamãe — respondeu ele, e eu voltei a pescar, balançando as pernas na água fria, turva, pensando em Andrew. Estava aborrecida com ele por ter interrompido nossa quietude, por ter me trazido meu pesadelo e por ter me lembrado de quanto eu sentia falta de conversa adulta. Então ele tivera um problema com uma mulher. Eu quisera lhe dizer que o alcance de uma mulher nunca termina, que poderia viajar para um planeta distante e a voz dela ecoaria das dunas, carregada de sarcasmo. Afinal, eu era a mulher problemática na história de outro homem. Vira aquela mesma expressão trágica no rosto de David. Eu costumava pensar que o casamento fundamentava-se numa compreensão profunda, na qual duas pessoas tornavam-se uma e todos os segredos eram conhecidos. Aquilo era uma mentira, e o que era desconhecido em você começava a queimar depois de algum tempo, como as peças soltas de um quebra-cabeça atiradas no fogo.

Verifiquei o pedaço de Spam e tornei a baixar o anzol na água. Imediatamente o flutuador desapareceu. Apanhei um peixe-gato, azulado e de um tamanho mais razoável do que o primeiro monstro que pescara. Consegui tirar o anzol de sua boca com uma vareta curta e coloquei o peixe num encordoador que eu havia feito com um pouco de arame e a fivela de um cinto quebrado.

— Duncan — chamei. — Venha ver o que a mamãe encontrou.

Ele não respondeu.

— Duncan!

Ele estava fazendo aquilo novamente. Determinando-se a fazer meu coração parar. Atirei minha linha de pesca na margem e levantei depressa da pedra, corri na direção das paredes da garganta.

— Duncan!

— Oi, mamãe! — A voz dele ecoou bem do alto. Parei abruptamente e ergui os olhos.

— Duncan! — gritei. Ele estava na saliência de um rochedo, quinze metros acima, na parede escarpada do desfiladeiro, apontando para o ninho de uma andorinha.

— Estou quase lá! — gritou para mim.

— Duncan, fique aí mesmo! — ordenei. — Está me ouvindo? Não se mexa!

— O que há de errado, mamãe?

— Se você se mover um centímetro, nunca mais voltará a este desfiladeiro. Fique onde está! — Eu havia deixado meu próprio filho escalar a encosta de um penhasco de pedra calcária, e, agora, ele estava em apuros. Tirei os sapatos e examinei as rochas à procura de uma cavidade para apoiar o pé. Quando encontrei uma, comecei a subir.

— Vamos, você consegue, mamãe! — gritou Duncan, encorajando-me.

— Não se mova! — Minhas mãos tremiam. Um arbusto crescia na parede; testei suas raízes e descobri que eram fortes. Segurei-me ao arbusto com todas as forças e, então, encontrando outro ponto de apoio, subi mais cerca de meio metro. Não tinha idéia de como desceria meu filho de lá. Sabia apenas que tinha de alcançá-lo. Fechei os olhos, controlando minha respiração. *Sou uma mãe negligente, Senhor. Deixei meu filho se meter nisto. Por favor, ajude-nos assim mesmo.* Prossegui, escalando cuidadosamente o paredão do desfiladeiro, temendo olhar para baixo.

Duncan olhou para mim.

— Bom menino! — gritei. — Estou indo!

Tornei a mover as mãos e encontrei uma cavidade numa rocha onde poderia apoiar a mão. Firmei a ponta do pé no paredão e me ergui um pouco, mas aquele trecho de rocha desmanchou-se sob minha mão. Tentei me segurar em algo, deslocando desesperadamente o peso do corpo. Então algo mais espatifou-se, pedra calcária ou a sorte, e escorreguei pelo paredão. Minha cabeça bateu em alguma coisa com força, e o mundo escureceu, tornando-se negro como os olhos de um peixe-gato.

Capítulo XIII

Acordei no meu próprio funeral, um evento silencioso, indistinto, oscilante, luzes de velas girando e um coro de estalactites. Afundei de volta, na escuridão, então tornei a me erguer, e avistei o amarelo da chama de vela. A dor em minha cabeça intensificou-se quando minhas palavras se formaram.
— Onde ele está? Onde ele está?
O funeral ruiu, dobrou-se sobre si mesmo, e as estalactites caíram feito lanças, prendendo-me na sólida escuridão.

Capítulo XIV

Abri os olhos. Estava deitada de costas na caverna, no saco de dormir. Todas as velas ardiam. Pude olhar para cima e ver as ondas brancas no teto.

— Onde ele está? — perguntei às ondas.

— Você quer dizer Duncan?

Eu tinha ouvido aquela voz em algum lugar antes. Não consegui me lembrar em que mundo, em que vida. O contexto me fugiu. Um rosto surgiu no meu raio de visão. Um sorriso amistoso, uma barba cor de ferrugem e um par de olhos bondosos.

— Andrew — falei.

— Sou eu.

— Onde está meu filho?

— Está aqui mesmo, Martha. Ele está bem.

Ergui a cabeça e olhei ao redor. Duncan estava sentado ao lado do lago, as mãos cruzadas, parecendo consumido por culpa e tristeza.

— Oh, meu Deus. Meu bebê. Venha até aqui, filho.

Duncan ajoelhou-se ao meu lado.

— Sinto muito, mamãe — sussurrou. — Eu só queria ver os filhotes de aves.

Estendi a mão para acariciar-lhe o rosto.

— Não sabe quanto aquilo foi perigoso? Quanto assustou a mamãe?

— Sinto muito.

— Certo. Está tudo bem. Deite-se ao meu lado.

Respeitando aquele momento, Andrew permaneceu sentado de pernas cruzadas, segurando um pano molhado sem dizer nada. Minha cabeça latejava, mas o hálito de Duncan no meu rosto afastava parte da dor. Virei-me na direção de Andrew.

— Você nos salvou.

— Não. Salvá-la teria significado chegar até você antes que tivesse caído.

— Foi algo próximo o bastante.

— Ouvi você chamando o nome de Duncan. Soube que estava em apuros. Então, comecei a correr. Quando cheguei até você, estava caída de costas, desacordada.

— Como conseguiu descer Duncan de lá?

— Da mesma maneira que eu costumava fazer meu gato descer da árvore. Eu o subornei. Disse-lhe que ele ganharia chocolate se descesse. Crianças têm o equilíbrio de um cabrito montês.

— Minha cabeça está me matando.

— Talvez você tenha sofrido um concussão. Deveria ver um médico.

— Acho que estou vendo um, ali no canto. Água está pingando de seu estetoscópio.

— Não, é sério. Sem brincadeira.

— Como conseguiríamos chegar até um médico, neste lugar?

— Bem, como você chegou aqui?

— De bote.

— Você ainda o tem?

— Escondi-o num carriçal. Nem sequer sei se ele flutuaria a esta altura.

— Poderíamos parar um barco.

— Não. Você não entende, Andrew. Sou uma fugitiva. Trouxe meu filho para uma caverna, e isso não é visto com bons olhos num tribunal de justiça. Se eu for descoberta, tirarão Duncan de mim.
— Eu não me preocuparia com isso.
— Bem, eu sim. E não irei a um médico.
— Seu cérebro pode estar inchando.
— De uma ervilha a uma bola de gude. Tenho espaço.
— Eu não queria falar mais. Só queria que as coisas voltassem a ser como havia questão de poucos dias, antes que Andrew tivesse surgido em nossa vida. Queria mandá-lo sair da caverna, agora que eu estava viva e meu filho a salvo. Mas minha mente parecia incapaz de formar palavras educadas o bastante. Ele, afinal, nos salvara, embora alguém pudesse alegar que nossa adversidade se dera, de algum modo, por culpa dele, indiretamente, que o fato de nos ter descoberto arruinara nossa sorte. Não o mandei embora. Em vez disso, fechei os olhos e repousei, minha cabeça virou até tocar a de Duncan. A luz de vela era quente. A dor em minha cabeça latejava feito o pulso de um filhote de andorinha, fraca e rapidamente, e eu adormeci.

Devia ter sido o medo de desperdício de velas que me acordou. Minha cabeça ainda doía, mas a visão estava clara. Gentilmente, soltei Duncan, que dormia profundamente, e engatinhei pela caverna, apagando velas e apreciando o ligeiro odor que cada pavio fumacento liberava. Deixei as velas em volta do lago acesas, e também as em torno de Andrew; ele dormia em posição de lótus perto de uma rocha, a cabeça virada para a direita. Sua pele brilhava, e a luz de vela encontrara um buraco na camisa dele, iluminando o círculo de pele.

Ele ergueu a cabeça de um ombro e baixou-a na direção do outro. Cruzou os braços em seu sono, esticou uma perna. E quanto à própria história de Andrew? Algo devia tê-lo impelido a ir até ali. E se ele tivesse seus próprios sonhos ruins e acontecesse de pesadelos serem partilhados naquela caverna, como oxigênio e música? Eu não queria os pesadelos dele. Viajara por centenas de quilômetros e violara todas as leis para me livrar dos meus.

Mas eu não podia mandá-lo embora. Eu precisava dele. E, sim, talvez Andrew me tivesse feito precisar dele, da mesma maneira que facas e algodão entraram em tribos primitivas e se fizeram necessários; mas ali ele estava, e eu quase havia causado a morte do meu filho naquele dia, por pura negligência. Dei-me conta, com uma profunda dor, de que, mesmo no deserto, acontecimentos eram imprevisíveis. Duncan e eu poderíamos viver indefinidamente ali sem outro contratempo; ou no dia seguinte algo terrível poderia acontecer de repente, do nada. Andrew, um homem que possivelmente me levara a necessidade de um salvador como também o salvamento propriamente dito, poderia me ajudar a olhar por meu filho. Aquele era o presente que podia dar, em troca de seu preço.

Andrew abriu os olhos.

— Como você se sente? — perguntou num tom manso, em consideração ao sono do meu filho, ou a minha cabeça dolorida.

— Minha cabeça ainda dói. Porém menos.

— Ótimo. — Ele esfregou a barba.

— Você me disse ontem que partiria. Mas não o fez.

— Você precisava de mim. Estava sobrecarregada demais aqui.

— Todas as mães são sobrecarregadas. O truque é fingir que não somos. — Lancei um olhar a Duncan, ainda profundamente adormecido. Causar à mãe um ataque car-

díaco e uma possível concussão devia tê-lo cansado. — Eu gostaria que você não tivesse vindo até aqui, Andrew.
— Quer que eu vá embora?
— Você realmente iria?
— Sim.
Notei a mochila dele acomodada numa prateleira de rocha, como se seu lugar fosse ali.
— Não, você não iria embora. Já invadiu nossa vida e atraiu todos aqueles acontecimentos fortuitos. Permanecerá na área, sem ser visto, até a próxima vez em que cairmos de um precipício, ou até que um abutre carregue meu filho, ou que um urso pardo desça do Alasca até aqui e comece a nos devorar. Então, irá nos salvar de algo que teria sido apenas uma coisa corriqueira se você jamais tivesse estado aqui.
— Você fala como se achasse que eu estraguei tudo. E essa é a última coisa que já quis fazer.
— Estou sendo ingrata. Você me salvou hoje. Salvou meu garoto. Você ouve aquelas histórias sobre mulheres perdendo seus filhos e, de algum modo, prosseguindo com a vida? Essa é a escolha delas, não minha. Eu me recuso a viver sem meu filho. Se ele morresse hoje, eu morreria também.
— Você deve amá-lo muito.
— Eu o amo demais. E não me desculpo por isso.
Andrew olhou ao redor.
— Você apagou algumas das velas.
— Estava desperdiçando luz.
Ele pousou o olhar no lago, cuja superfície ainda brilhava.
— Deixou o lago iluminado.
— Pareceu tão bonito que achei que talvez você fosse gostar de acordar e vê-lo.
— Tem razão quanto a isso. — Andrew levantou-se e, então, desapareceu brevemente no escuro antes de tornar a

surgir ao lado do lago. — A água é fria? — perguntou de onde parara.

— Não se você fingir que não é. Duncan e eu entramos aí o tempo todo.

— Como é?

— É como nadar num conto de fada. Vá em frente. Entre na água.

Ele hesitou e, então, desabotoou a camisa, despindo-a. Seu torso era amplo, os músculos definidos e firmes. E se Duncan tivesse caído daquele despenhadeiro? Andrew teria tido força suficiente para pegá-lo? Observei-o enquanto ele tirava a calça. O ato de despir-se pareceu irradiar o cheiro dele. Virando-se um pouco de lado, tirou a cueca, expondo seu flanco pálido. Contive o fôlego, surpresa. Se a srta. Boas Maneiras tivesse se escondido numa caverna, teria chamado aquela nudez de imprópria. Mas ela estava longe, ainda numa terra cheia de regras e violência.

Andrew entrou no lago, e eu me levantei, caminhei através das sombras para ir me sentar em meio à luz da velas e observá-lo nadar. Os peixes cegos fugiam dele, os músculos se retesando em suas costas, enquanto ia batendo os pés descalços. Andrew emergiu e soltou o ar, sacudindo a cabeça de modo que gotas de água fresca pingaram em meus braços e rosto.

— Isto aqui é bastante frio. Mas é sereno. — Tornou a afundar na água, até bater-lhe na altura do queixo. — Posso ver por que você não queria que ninguém a encontrasse aqui.

Não falei nada.

— Há alguém em especial querendo encontrar você?

— Como quem?

— Um marido?

— Sua nudez está bem. Sua bisbilhotice é rude.

— Perdoe-me. — Ele voltou a mergulhar na água como meio de se desculpar e, então, tornou a emergir.

— Responderei a você, Andrew. Acho que isso não importa. Eu tenho um marido. Chama-se David e vive em Ohio. Nós nos separamos por questões de crença.

— Você quer dizer sobre qual igreja freqüentar?

— Se ao menos tivesse sido assim tão simples.

— Acha que ele está a sua procura?

— Sei que está. E isso me deixa nervosa, porque, uma vez que ele se determina a algo, não há o que o detenha.

— Você ainda o ama?

— Sim, amo. O amor tem se saído muito bem aqui. Tornou-se bastante suportável, na verdade. É claro que não me sinto muito bem mantendo Duncan longe do pai.

Andrew meneou a cabeça.

— Um menino precisa de seu pai, com toda a certeza.

— Meu marido pensa que sou louca. É difícil conviver com isso. Imagine a pessoa que você ama pensando isso a seu respeito.

Ele espalmou as mãos na água, movendo-as vagarosamente num arco.

— Você não é louca.

— Como sabe?

— Você simplesmente não fala como uma louca.

— E como elas falam?

— Como minha ex-esposa. Como está sua cabeça?

— Melhor.

— Não se sente indisposta?

— Não. Vez ou outra a luz de vela se move de maneira esquisita, e a caverna gira um pouco, como um carrossel. Mas minha mente está clara. A menos que você não esteja realmente nu. Então, estou em apuros.

— Talvez você esteja bem. Eu não sei. Não sou médico.

— E o que você é?

— Nada, na verdade. E não quero ser nada. Ao menos, não por algum tempo.

Senti uma dor na parte interna do braço. Examinando o local, vi uma contusão se expandindo, o contorno avermelhado subindo pela parte saliente do meu pulso.

— Vamos voltar ao assunto de você ficar aqui ou não, está bem?

— Sim.

— Você tem pesadelos?

— Às vezes.

— Essa é a regra número um. Nada de pesadelos aqui. Incomodam os morcegos.

— Está certo. Nada de pesadelos.

— E você deve me ajudar a proteger meu filho de qualquer perigo, qualquer mal. Essa é a maneira como ganhará seu sustento.

— Ajudarei você a proteger seu filho.

— E terceiro, terá de nos ajudar a nos esconder do meu marido.

Andrew olhou para mim solenemente, erguendo a mão molhada.

Capítulo XV

Acordei e descobri que as pedras de nosso calendário tinham sido tiradas de sua pequena pilha e começado a formar um círculo em torno dos sacos de dormir. Andrew já estava de pé. De costas para mim, ocupava-se junto ao fogão portátil; começávamos a ficar sem gás propano. Minha cabeça ainda doía por causa da queda, e eu pisquei rapidamente algumas vezes para ver se Andrew desapareceria. Mas ele permaneceu no lugar, sem camisa, ocupado, a luz de vela revelando um grupo de pintas no meio de suas costas.

— Andrew?

Ele virou a cabeça.

— Ah. Você está acordada. Tive medo de que não resistisse ao seu ferimento na cabeça durante a noite e, então, bem, nós teríamos de enterrá-la.

— Isso é muito gentil.

Duncan mexeu-se, virou-se de bruços e voltou a dormir.

— Por que você redistribuiu nosso calendário em torno dos sacos de dormir? — perguntei a Andrew.

Ele não respondeu de imediato. Colocava água quente de uma panela de alumínio em duas canecas.

— Proteção — disse e abriu a tampa do vidro de café instantâneo.

— Um punhado de pedras vai nos proteger?

— Tenha um pouco de fé. São pedras mágicas. É claro que atingirão seu poder total quando o círculo estiver completo.
Lancei um olhar ao saco de dormir dele perto do lago.
— O que protegerá você?
— Meu charme natural.
— Oh. Então, você morrerá terrivelmente.
Ele mexeu o café instantâneo nas canecas entregou-me uma.
— É tão estranho — comentei. — Acordar e encontrar você aqui. E já descobriu onde está o café, já assumiu a contagem dos dias. Não é o rumo que imaginei que tudo tomaria.
— E como o imaginou?
Eu dei de ombros.
— Rochas. Água. Paz.
— Você ainda tem isso — assegurou Andrew, mas eu não tinha certeza. Ele deixou a caneca de lado e atravessou a caverna até a beira do lago, onde se ajoelhou e lavou o rosto. Duncan sentou-se e esfregou os olhos. Lançou, então, um olhar a Andrew.
— Ele ainda está aqui? — perguntou.
— Sim, querido.
Duncan atirou os braços em torno de mim e abraçou-me com força.
— Obrigado, mamãe — sussurrou. — Obrigado.

Andrew e eu estávamos virados em direção à parte de cima do rio, a luminosidade da manhã suave e a rocha ainda fria de encontro a nossas pernas despidas, enquanto, por sua vez, Duncan andava de cá para lá por entre os seixos rolados, perseguindo um lagarto marrom.
— Duncan ainda não pegou nenhum, pobrezinho — observei. — São rápidos demais para ele.

— Quem são? — perguntou Andrew.
— Os lagartos.
— Pegarei um.
— Não, é um desafio para ele. Não tínhamos esse tipo de lagarto em Ohio. Havia esquilos de sobra, porém.
Andrew lançou um olhar na direção do rio.
— Então esta é a rocha de observação, certo?
— Serve bastante bem. Não se encontram muitas pessoas viajando até esta distância a pé. Um homem passou a cavalo uma vez. Todos os dias olho para aquele rio e me pergunto: este será o dia em que verei meu marido descendo num bote? Uma parte de mim acha que jamais haverá meio de ele nos encontrar. Mas é um homem determinado. E bastante esperto.
Andrew levou os joelhos até o peito.
— Não é tão esperto, se deixou você partir.
Um lagarto surgiu no alto de um seixo rolado próximo, e a cabeça de Duncan apareceu no raio de visão, seus olhos predatórios se estreitando. Vi sua mão se erguendo de maneira firme, mansa. O lagarto deu um salto repentino até um talo de *lechuguilla*, e a mão de Duncan pousou na pedra tarde demais.
— Ahh! — gritou ele, e eu ri.
— Do que está rindo? — perguntou Andrew, virando-se para mim.
— De Duncan. Ele tem os genes de perseguidor do pai.
— Deixe-me perguntar-lhe uma coisa. Você mesma admite que ama seu marido. O que haveria de tão terrível se ele encontrasse você e Duncan?
— Em primeiro lugar, algo aconteceu com David. Não está em seu juízo perfeito, e Duncan não pode conviver com isso. Em segundo lugar, ele nos levaria de volta a Ohio, e lá não é seguro.

— Ohio não é seguro?
— Você não sabe, não é? Acho que já devia estar isolado aqui quando tudo aconteceu.
— Quando aconteceu o quê?

Naquele momento Duncan correu até a mim, os cabelos loiros esvoaçando em todas as direções.

— Você viu, mamãe? — perguntou-me, ofegante. — Eu quase o peguei!

— Foi por bem pouco, querido — falei, mas Duncan já voltara à caçada, perseguindo animais acostumados a passar as manhãs cochilando nas rochas, mas agora eram fugitivos, correndo a valer.

Eu sabia que Andrew aguardava que eu continuasse a história, mas permaneci em silêncio.

— Você sabe o que é engraçado? — falou-me, enfim. — Você fugiu do seu marido, e minha esposa fugiu de mim. Eu me pergunto se seu marido ficou tão surpreso quanto eu, na manhã em que acordei e encontrei a casa vazia.

— Você não previu isso?

— Diabo, não. Eu realmente achava que ela estava feliz. Quero dizer, tínhamos nossos altos e baixos, como qualquer outro casal. Eu havia passado por uma mudança de emprego, mas achei que minha mulher gostasse do fato de eu estar um pouco mais em casa. Nunca se queixou. Nunca me chamou para uma conversa e disse: "ouça, isto vai ter que mudar, ou irei embora daqui". Acredite, eu teria ouvido se tivesse sido o caso. Em vez disso, ela fingia que tudo estava bem, e nesse meio tempo já estava se preparando para sua nova vida.

— Havia outro?

— Não na época, acho que não. Tenho de dizer, isso mostra quanto fui idiota. Eu me orgulhava do tipo de marido que era para ela. Era realmente a única coisa que eu achava que havia feito certo na vida. E, numa manhã, ela desapareceu, deixando um bilhete que dizia basicamente que eu não tinha feito nada certo. Tudo estava errado. Até meu amor por ela estava errado. E o que um homem faz, então, se seu amor está todo errado? Como conserta isso? E, diga-me, para que serve um homem que parece não conseguir acertar nesse princípio básico? É como um homem que não consegue beber água. — A voz de Andrew ficara tensa. Baixou os olhos.

— Há quanto tempo foi isso?

— Cinco anos.

— Você está divorciado agora?

— Sim. Na vez seguinte em que a vi, estávamos no tribunal. Ela acabou se casando com outro e tendo dois filhos. Eu sempre quis filhos. Eu teria dado qualquer coisa para ter um garotinho, exatamente como o seu.

— Lamento. Posso entender agora quanto você deve ter desejado se afastar da lembrança dela.

Andrew recostou-se, apoiando-se nos cotovelos, e olhou para o céu.

— Não sei como é possível esquecer realmente alguma coisa.

— Bem, alguém certa vez me disse que aqui, neste lugar, qualquer coisa é possível. Exatamente como seu amigo falou a você.

Ele me lançou um olhar.

— Acha que conseguirá esquecer esse seu marido?

— Não sei. Amo-o mais do que a qualquer pessoa no mundo. Exceto Duncan, é claro. Sinto que ele não me deixou escolha.

— Mas você tentou realmente conversar com ele? — perguntou Andrew, sério. — Tentou realmente fazer as coisas darem certo?

— Ouça, nossas histórias são totalmente diferentes. Acredite.

Ele sacudiu a cabeça.

— Você é uma pessoa interessante, Martha. E não é feia também.

— Ei. — Ergui minha aliança para que brilhasse sob a claridade. — Não fique tendo idéias. Sou uma mulher casada.

— Não se preocupe. Não estou interessado em você.

— Não está? Por que não?

— Você é louca.

— Na noite passada, você disse que eu não era louca!

— Eu precisava de um lugar para dormir. Mas você, mulher, é uma doida de pedra, maluca feito um cuco desregulado. — Ele se levantou e bateu os braços, dançando ao redor. — Cuuucoooo! — entoou. — Cuuucooooo!

Duncan estava se preparando para mais uma tentativa de dar um bote num lagarto, mas, ao som da voz de Andrew, parou no lugar, intrigado.

— Veja, Duncan — falei-lhe, apontando para Andrew. — É um pássaro.

Por volta do meio da tarde, o sol escaldava no céu, e fomos obrigados a buscar refúgio à sombra das árvores *salt cedars*, onde nos deitamos juntos, entediados.

— Essa é a coisa mais difícil deste lugar — comentei, esfregando dois gravetos um no outro distraidamente. — Encontrar maneiras de entreter Duncan. É por essa razão que nos arriscamos a descer até o rio todos os dias. Duncan o adora tanto.

Andrew olhou para meus gravetos.

— Conheço um truque que talvez agrade Duncan.

— Mostre-me o truque! — gritou Duncan. — Mostre-me! Mostre-me!

— Agora você conseguiu — falei. — Ele estava quase dormindo dez segundos atrás.

— Ele gostará disto — disse Andrew, levantando-se. Encontrou um galho delgado e curvou-o até dar-lhe o formato de arco. Amarrou-o, então, naquela posição com um cordão de sua bota de alpinismo. Ele revirou pedaços de madeira de variados formatos e, com o canivete, talhou um sulco num pedaço plano de árvore *mesquite*. Duncan e eu observamos enquanto Andrew cortava outro pedaço de madeira até deixá-lo semelhante a uma broca e abria um talho na lateral do pedaço plano de *mesquite*. Assobiava um pouco enquanto trabalhava, algo que reconheci como uma música de John Denver. Duncan começou a assobiar também, imitando-o.

Quando Andrew terminou de entalhar, passou o arco pela broca improvisada, pousou o pé na madeira e moveu rapidamente o arco para a frente e para trás, fazendo a broca rodopiar, até que um fio de fumaça ergueu-se do talho lateral. Vi o brilho de uma única brasa vermelha.

Duncan exclamou, admirado, e senti um pouco de ciúme. Aquele era o tipo de milagre que uma mãe não era capaz de realizar. Os nossos eram mais suaves: suéteres de tricô, pão crescido e remédios para dor de cabeça.

— Quer ver um ponto de cruz, Duncan? — perguntei.

Ele me ignorou.

Andrew soprou a brasa, acrescentando-lhe uma pequena quantidade de fibras secas de choupo. Duncan inclinou-se por perto, ajudando-o a soprar.

— Não sopre com força demais, Duncan — avisei.

A isca de fazer fogo explodiu numa chama, e Duncan soltou um grito curto de adoração.

— Andrew — falei. — Eu tinha fósforos.

— Você é impossível. — Ele colocou alguns gravetos no fogo. — Aí está.

— Como você aprendeu a fazer isso?

— Foi a única coisa que fiz certo quando fui membro dos escoteiros... consegui uma medalha por isso. Eu era o encarregado de fazer o fogo. Isso causava grande sensação com as meninas do acampamento vizinho. O segredo é o jeito de se assoprar. Você tem que seduzir a brasa. Fazê-la sentir-se como se o ato de se tornar uma chama fosse idéia dela mesma em vez de sua.

— Então você é um mestre da sedução? — provoquei-o.

— Oh, sim.

— Posso ver — falei —, considerando sua sorte com as mulheres.

Ele me olhou depressa, e eu vi a mágoa em seus olhos.

— Desculpe-me, Andrew. Eu estava brincando. — Juntei um punhado de gravetos e os ofereci num gesto de reparação.

Andrew manteve o fogo aceso pelo resto da tarde, e naquela noite transferiu-o para a caverna.

— Tome cuidado — pedi-lhe. — Esta caverna tem boa ventilação. Mas você tem de se manter atento à fumaça. — Andrew, porém, acabou se revelando um mestre de fogueira de caverna. Alimentou-a até que nosso lado da caverna ficou tão claro que nem sequer precisamos de velas.

— Sou um índio! — anunciou Duncan, soltando um grito de guerra e dançando em torno do fogo.

Depois que Duncan ficou exausto com sua dança indígena e jogou-se no chão, Andrew tirou uma garrafa de sua mochila e colocou algo numa caneca. Ofereceu-a a mim.

— Quer um pouco?

— O que é isso?

— Uísque.

— Não, obrigada. Eu não bebo. De vez em quando, tomo um daiquiri de morango, mas nada mais.

— Não posso ajudá-la nisso — falou ele, sentando-se ao meu lado.

— Esta é a melhor noite de todas — exclamou Duncan, estendendo as mãos na direção do fogo. — Vamos brincar de Histórias de Lanterna!

— Está certo — concordei. Achei a lanterna e apontei o facho de luz para longe do fogo, para uma formação num canto distante. — Veja, é um grande coelho e está bastante solitário. Os outros coelhos não gostam dele porque tem apenas uma orelha... — O facho da lanterna movia-se, aumentando vez ou outra, enquanto eu descrevia a vida do coelho e como tudo mudou quando ele conheceu uma doninha perneta que vivia do outro lado do prado, uma doninha que entendia bem demais da dor de ser bonita apenas por dentro. Tarde demais, dei-me conta do meu erro. A história de amor estava entediando meu filho.

— Quero que Andrew me conte uma história! — gritou Duncan.

Entreguei a lanterna a Andrew.

— É a sua vez. Acho que perdi a atenção dele quando o coelho beijou a doninha perneta, algo que adaptei de uma cena de *Casablanca*.

Andrew pareceu duvidoso.

— Não sei muito sobre contar histórias — falou, mas pegou a lanterna e moveu o facho de luz em torno da caverna, até que ele parou para iluminar um ninho de calcita.

— Era uma vez um príncipe que foi transformado num sapo... — O facho moveu-se. — ...por uma bruxa malvada. O problema era que ele tinha um belo garanhão que ficou tão abalado pela perda de seu príncipe que decidiu fugir. Desse modo, o garanhão galopou até a floresta encantada...

O facho moveu-se de repente até a mais grossa das estalagmites. Duncan bateu palmas.

— ...e, então, o sapo saiu em franca perseguição... Espere um minuto. O que é aquilo? — O facho de luz encontrara um dos soldados de Duncan. Andrew gatinhou na direção da floresta, guiado pela lanterna. Estendendo a mão, pegou o soldado e examinou-o sob a luz, o facho tão próximo que esperei que o pequenino homem verde derretesse.

— Oh, meu Deus! — exclamou ele. — O recruta do exército acabou de decidir entrar para a marinha! Homem ao mar! Homem ao mar! — Correu até a beirada do lago e ouvi um leve ruído na água.

— Temos de salvá-lo, Duncan! — gritou Andrew. — Temos de salvá-lo dos gigantescos peixes cegos e devoradores de soldados! — Entrou no lago completamente vestido e desapareceu.

— Os peixes estão vindo! Os peixes estão vindo! — exclamou Duncan, correndo pela caverna e atirando-se no lago atrás de Andrew.

— Vocês dois violaram todas as regras das Histórias de Lanterna — repreendi-os, mas fui até a beirada da água para vê-los nadar juntos, enquanto os peixes cegos se dispersavam, aterrorizados pela introdução de traquinagem ali. Não via meu filho tão feliz havia semanas.

Andrew foi até a superfície para respirar e apanhou-me olhando para ele.

— As Histórias de Lanterna proíbem o uso de efeitos especiais — protestei. — Você venceu minha doninha perneta através de trapaça e eu te odeio.

Ele estendeu os braços.

— A água está gelada. Venha.

Capítulo XVI

Posicionei-me debaixo da árvore, esticando o pescoço e preparando-me para pegar meu filho.

— Não — disse ele de cima do galho do choupo-do-canadá. — Não preciso que você me pegue.

O novo dia ia nascendo. A luminosidade rósea aproximava-se por sobre a cadeia de montanhas. Aparentemente, a animada história de lanterna de Andrew havia provocado o mais recente sonho de Duncan sobre voar. Eu o apanhara escapulindo da caverna antes do amanhecer para testar suas novas asas sem mim.

— Eu gostaria que tivéssemos uma câmara — falou Duncan. — Você poderia tirar uma foto minha voando.

— Vamos, querido. Pule logo. Meus braços estão doendo.

Duncan posicionou-se, os dedos dos pés descalços agarrando o galho. Dirigindo o olhar para o céu róseo, estreitou os olhos e saltou. Ele, então, arregalou os olhos, e nós dois caímos embolados no chão.

— Ohhh — suspirou Duncan, com o peito se contraindo em meus braços enquanto soltava o ar. Ele soltou-se de mim, foi até a árvore e chutou-a. — Árvore estúpida!

— O que você pensa que está fazendo? — ouvi Andrew perguntar.

Levantei os olhos e então o vi encaminhando-se em nossa direção.

— Duncan sonhou que estava voando outra vez — expliquei e apontei para o galho. — Aquele é seu ponto de decolagem. Ele salta e eu o pego.

— Ah, Duncan — falou Andrew. — Eu estava observando. Sua técnica está toda errada. Deixe-me tentar.

Eu me levantei e sacudi a poeira.

— Não vou pegar você.

— Por que precisaria me pegar se vou voar? Afaste-se, mulher, e deixe-me mostrar a Duncan como isso se faz.

— Vai quebrar o pescoço.

— Você tem pouca fé. — Andrew subiu num galho da árvore e agarrou o que havia acima de sua cabeça, erguendo-se. O galho curvou-se.

— Acho que esse galho não conseguirá suportar seu peso — observei.

— Nos Escoteiros, chamavam-me de Tarzã — respondeu Andrew. — E era um campeão em escalada de árvores. — Afastou os pés, ganhou equilíbrio e, então, soltou-se do galho acima. — Tudo o que é preciso...

Ouvi um estalo alto, e o galho partiu-se abaixo dele, fazendo-o cair esparramado no chão.

— Andrew! — gritei. Duncan e eu nos aproximamos depressa e nos ajoelhamos ao lado dele. — Você está bem? — perguntei.

Andrew abriu os olhos e fitou o céu.

— Esse foi o vôo mais bonito de todos — declarou. — Os pássaros foram tão gentis comigo. E as nuvens estavam tão fofas.

Duncan jogou-se no chão, rolando de rir. Eu não ouvira meu filho rindo daquela maneira desde antes da morte de Linda.

As demais vantagens de ter Andrew por perto logo se tornaram conhecidas. Tínhamos peixe fresco todas as noites. Dispúnhamos de um cabide para toalhas, feito com caules de carriço, e de calçados de folhas de palmeira trançadas. Tínhamos um fogão de pedra. E Duncan contava com um amigo em sua rocha de observação; juntos os dois olhavam na direção do rio, atentos a possíveis intrusos, meu garoto agora ciente de que aquele era um papel de coragem e de que nunca o apreciara totalmente antes. Enquanto observavam em silêncio, Duncan imitava a postura de Andrew. Eu podia ver meu filho ganhando confiança dia após dia. Ele caminhava com um certo ar de superioridade. Não era mais um menino que chorava pelo pai; era o príncipe dos lugares perdidos, capitão do rio, senhor da caverna. E até a lembrança de uma garotinha mandona o estava deixando seguir em frente, os atributos dela dispersando-se em meio às oferendas do deserto: belas aves, lagartos arredios, esquilos brigões. Um rio que jamais poderia ser domado.

Duncan começou a ter aulas todas as tardes perto de um agrupamento de *lechuguilla*, num trecho de terra limpa. Eu o ensinava a soletrar, escrevendo cada letra no chão duro com a ponta afiada de uma vareta, e o chão logo ficou coberto de palavras. Coelho. Menino. Menina. Pato. Vermelho. Peixe. Pular. Ovo. Copo. Triste. Duncan aprendeu tantas palavras que, no espaço de uma semana, começamos a ficar sem terra o suficiente. Frases inteiras significavam que tínhamos de conquistar novas terras, desalojar povos antigos.

As Histórias de Lanterna à noite serviam como recompensa à boa soletração da tarde. Enquanto Duncan se sentava quieto, cativado, Andrew bebericava de sua caneca de lata e, lentamente, ia liquidando minhas histórias comuns. O que antes fora um falcão atacando um homem que comia roscas transformou-se num pirata, tornando-se bom e reivindicando um reino. Monstros interrompiam torneios de xadrez para travar batalhas, sendo derrotados por uma tribo de fadas escravizadas por séculos pelo deus das trevas de um planeta em formato de sino. E uma história de lobo não podia continuar a mesma; Andrew mudava-a antes que a água o fizesse, gotas de calcita avançando por um milhão de séculos até que o lobo lutasse com inimigos que a caverna ainda não havia formado.

Até John Denver estava voltando à vida, o que parecia impossível, uma vez que as pilhas do aparelho de CD tinham acabado dias antes. Mas a voz dele preenchia a caverna; e talvez John Denver estivesse morto apenas na minha lembrança. Remova essa lembrança e atire-a no lago; deixe-a descer até o fundo e, de repente, o avião dele ganha altitude. O motor dele vive.

Preocupei-me com quanto Andrew bebia de sua caneca, perguntando-me se sua mochila continha apenas garrafas de bebida alcoólica, um suprimento mágico e inesgotável que manteria os olhos dele vermelhos para sempre. Mas não falei nada. Andrew trouxera meu filho de volta à vida, e eu me sentia grata por aquilo. E o fato de tê-lo na caverna tornava-me mais fácil não pensar em David, embora imagens dele interferissem e eu me perguntasse se nossa pista esfriara para ele, se já desistira. Mas, evidentemente, eu sabia que não era o caso; aquele não era o feitio de David. Mesmo se eu viesse a saber, verdadeiramente, que ele seguira em diante sem nós, aquilo me arrasaria. Bem no fundo, eu ainda acalentava a esperança de que, algum dia, ele recobrasse a sanidade.

Vez ou outra eu flagrava Andrew olhando para mim, a expressão em seu rosto inconfundível. Pareceu completamente natural que uma caverna pudesse cercar um homem e uma mulher e mantê-los desavisados até que ambos se apaixonassem. Mas eu lutava contra aquilo. Ainda era uma mulher casada e ainda amava David; se bem que me senti corando numa noite, quando Andrew contou subitamente uma história de lanterna sobre o ardente amor entre uma sereia dourada e um sapo mágico, uma história tão romântica que Duncan adormeceu.

Capítulo XVII

Tudo o que eu queria era uma tesoura decente e um espelho. Na falta de ambos, sentei-me numa pedra e comecei a cortar meu cabelo com a tesoura em miniatura de um canivete suíço. Um vento seco foi varrendo os tufos de cabelo na direção do rio. Minhas mãos tremiam um pouco enquanto eu trabalhava.

— Bom dia — disse Andrew, aproximando-se de mim. — Tratamento de beleza? — perguntou.

— Estou farta do meu cabelo — respondi. — É comprido demais para se usar no deserto. Está me enlouquecendo durante o calor da tarde.

— Bem, você está fazendo um verdadeiro estrago nele.

— Quem perguntou?

Ele sorriu, tolerante.

— Sabe, acho que já a conheço bem o bastante para perceber que, quando está aborrecida com algo, você se lança num projeto.

— Por que eu estaria aborrecida?

— Você violou uma regra sagrada ontem à noite.

— Qual regra?

— Nada de pesadelos.

Dei um suspiro. Então, ele me ouvira. Larguei o canivete suíço no colo e soltei o ar.

— Deixe-me ajudá-la. — Andrew pegou o canivete de mim e pôs-se ao trabalho ele mesmo. — Viu? — falou-me.
— Você tem de cortar apenas uns poucos fios de cada vez com esta ridícula tesourinha. Quanto você quer cortá-los?
— Uns dez centímetros.
— Tanto assim?
Não respondi; apenas fiquei sentada ali, tentando afugentar a lembrança do meu pesadelo, enquanto os dedos dele moviam-se gentilmente pelos meus cabelos e o sol se elevava no céu. Andrew começou a cantarolar enquanto trabalhava, sua canção acalmava-me. Não consegui reconhecê-la exatamente.... uma canção de ninar, ou algo de *O Mágico de Oz*. Mechas loiras caíam no chão e se arrastavam ribanceira abaixo feito criaturas insignificantes, frágeis demais para enfrentar o sol nascente. Finalmente, Andrew parou de ajeitar com os dedos e aparar.
— Acho que ficou bastante bom — comentou ele.
Corri os dedos pelos meus cabelos.
— As pontas parecem certas. Você se revelou um ótimo cabeleireiro.
— Sou *gay*.
— Quando foi a última vez que cortou seu próprio cabelo? Está parecendo um tanto comprido demais, sem corte.
— Eu não sei. Faz tempo. Eu o usava curto, acima das orelhas, mas estou me acostumando com ele assim. Talvez eu o deixe crescer até a cintura e vire *hippie*.
— Por que não me deixa cortá-lo?
Ele hesitou.
— Está bem. Se isso fizer você se sentir melhor.
Trocamos de lugar e comecei a trabalhar, aparando-lhe os caracóis cor de ferrugem, enquanto ele fechava os olhos. Era boa a sensação de tocar-lhe os cabelos. Movi-me em torno de Andrew em círculos, aproximando-me mais dele.

A um dado momento, pousou a mão em minha panturrilha, retirando-a apenas quando parei de cortar. Vinte e cinco minutos depois ele era um homem de cabelo curto, irregular. Dei um passo atrás e olhei para meu trabalho.
— E então? — indagou ele.
— Parece bem.
— É mesmo?
— Você pode perguntar a Duncan quando o vir saindo, mas deixe-me falar com ele primeiro. — Estudei-o mais um pouco. — Você tem lâmina de barbear?
— Sim, mas...
— Vá buscá-la. Deixe-me barbear você. Sua barba ficou engraçada, agora que seu cabelo está tão curto.

Andrew lançou-me um olhar que não consegui entender exatamente.
— Não sei quanto a isso — falou. — Tentei raspar a barba antes e não pareço realmente bem.
— Pareceria bem para mim.
Ele pousou a mão na face direita com ar protetor.
— É algo mais complicado do que você pensa. Mas farei um trato com você. Deixarei que faça minha barba se me contar sobre seu pesadelo.
Eu hesitei, mas sabia que chegara o momento de lhe contar a história toda.
— Combinado — concordei, finalmente.
Andrew desapareceu no interior da caverna e, então, retornou com um aparelho de barbear e uma panela de água do lago.
Peguei o aparelho da mão dele.
— Você tem algum creme de barbear?
— Não. — Ele mostrou um tubo de loção de *aloe vera*. — Teremos de usar isto. — Sentou-se, e eu comecei a lhe aparar a barba com a tesourinha.

— O que eu falei ontem à noite? — perguntei.
— Não muito. Você estava gemendo durante o sono. Quase a acordei.

Tufos de barba foram caindo no *jeans* dele enquanto eu trabalhava.

— Havia uma garotinha que morava na casa vizinha a nossa. Duncan a adorava. Chamava-se Linda. — Fiz uma pausa, esperando a dor, mas senti apenas o sol aquecendo minhas costas. — Ela e Duncan iam para a escola juntos. Eu os colocava no ônibus todos os dias. Havia um zelador na escola, alguém em quem você jamais teria prestado atenção.

Mergulhei as mãos na panela e espalhei a água fresca pela barba cortada nas faces de Andrew, apliquei a loção e comecei a barbeá-lo, iniciando junto à orelha esquerda e deslizando a lâmina cuidadosamente em direção ao queixo.

— Esse zelador possuía antecedentes perfeitos e tratava a mãe idosa muito bem. Mas tinha um ressentimento contra algo, ou alguém, ou talvez contra todos. Um dia foi para a escola, como em qualquer outro, lavou os corredores como fazia sempre, com a exceção de que naquele dia... — Afastei a lâmina de barbear do rosto de Andrew, temendo que minhas palavras seguintes o fizessem mexer-se abruptamente e que eu pudesse cortá-lo.

— Naquele dia, ele tinha uma bomba em seu balde de limpeza.

Andrew fitou meus olhos, um largo trecho de pele branca revelado onde a lâmina raspara.

— Meu Deus — falou.

Parei para enxaguar a lâmina na água e, então, ajoelhei-me para barbear-lhe o queixo antes de prosseguir com a história.

— E Linda foi morta, bem diante dos olhos de Duncan.

— Eu não sabia — disse Andrew. — Eu devia ter estar aqui no deserto.

— Que sorte manter-se limpo desse jeito, enquanto o resto da nação estava se sujando. — Molhei o outro lado do rosto dele, amoleci-lhe a barba com a loção e então continuei raspando-a.

— Quantas crianças morreram?

— Apenas Linda. Outras nove ficaram feridas.

— Apanharam o zelador?

— Ele foi pelos ares também.

— Mas por que ele fez isso? Deve ter havido uma razão.

— Ele deixou uma carta. Disse algo sobre como teria levado cada criança do mundo com ele, se tivesse podido. E que não tinha arrependimentos. Morreu com um sorriso nos lábios, tenho certeza.

Um restante de barba permanecia ao longo da face de Andrew. Ele segurou meu pulso por um momento, detendo-me. Antes de eu poder falar, soltou-me, e terminei a última parte, uma cicatriz tomava forma sob a lâmina. Umedeci os dedos e removi a loção. A cicatriz emergiu por inteiro, no formato de uma folha e ligeiramente purpúrea sob a luz. Acariciei-a com a ponta dos dedos.

— Isto é o que você não queria que eu visse?

— É feia.

— Eu não acho. Nem um pouco. Uma ferida curada é bonita, se quer minha opinião. — Inclinei-me e beijei a cicatriz, senti-lhe a textura áspera sob os lábios e, então, estava fitando Andrew nos olhos. Ele segurou meu rosto entre as mãos.

— Lamento tanto, Martha. — Lágrimas formavam-se nos olhos dele, surpreendendo-me. — Eu lamento. Lamento.

Toquei-lhe a cicatriz novamente.

— Não percebe por que tive de trazer Duncan até aqui? Como ele poderia viver naquele mundo? Quarenta milhões de mães teriam me seguido até aqui, se tivessem sabido que este lugar existe.

Capítulo XVIII

O deserto estava lhe pregando peças novamente. Ainda naquela manhã ele contara as pedras em torno dos sacos de dormir e descobrira, para seu aturdimento, que dezessete dias haviam-se passado desde que fora pela primeira vez até a caverna. Atônito, fez nova contagem e, depois, mais uma. Teria presumido que houvesse sido dez dias, no máximo. Agora estava sentado com a cabeça recostada no tronco de uma árvore *salt cedar*, bebericando de sua caneca de lata. As árvores *salt cedars* eram a praga do deserto, pois roubavam uma cota de água de trezentos e oitenta litros por dia. Ele entendia alguma coisa de sede insaciável.

Sua última garrafa estava pela metade; suas mãos tremiam diante da idéia de ficar sem bebida. Tinha de voltar à cidade, munir-se de novo suprimento, ligar para o marido aflito em Ohio e contar-lhe o que descobrira. A cada noite, planejava fazer a viagem logo pela manhã. E, então, mais um dia se passava, desorientando-o. De repente, a noite caía, e ele voltava ao interior da caverna, apontando uma lanterna para histórias fantásticas. E, mais tarde, depois que todas as luzes se extinguiam, exceto pela de uma vela ardendo, ele via coisas. Lampejos de uma figura num canto da caverna, cada vez mais reais. Mas não podia ser.

Ele sacudiu a cabeça e tomou um gole de nada exceto ar seco do deserto. A caneca estava vazia e estivera, talvez, durante algum tempo. Com certeza, não podia estar bebendo o bastante para ver o que via. E, no fundo, sabia que o deserto consistia apenas em areia, sombras e polpa quente enterrada sob os espinhos intermináveis e, mesmo quando misturado com uísque, não podia ser o responsável por sua confusão. Era o encanto da mulher. Uma mulher que ficava mais bonita a cada dia, e mais lúcida enquanto a própria sanidade dele diminuía. Encontrara um tufo de cabelo dela preso num arbusto florido e guardara-o, colocando-o debaixo de um canto de seu saco de dormir e, às vezes, acordava com ele dentro de seu punho cerrado.

Fora até ela como um mentiroso, um homem contratado para a missão de enganar. De fingir que era um homem diferente, no deserto para fugir de um mau casamento, em vez de para executar o serviço de um caçador. De fingir que adorava John Denver quando era fã de Tom Waits. De usar o nome do amado pai dela e conquistar-lhe a confiança. Mas descobria-se dizendo-lhe a verdade em lugares inesperados. Pretendera usar a história de sua ex-esposa para fazê-la sentir-se culpada por ter abandonado o próprio marido. Ainda assim, a história desenredara-se de seu propósito fixo e, de repente, ele estivera lhe contando a verdade como a conhecia. A dor lancinante e o atormentador senso de fracasso. E o fato de que o amor provara ser uma ferramenta inútil; um isqueiro sem fluido, ou uma faca que perde o fio no caule macio de um cacto. Até seu novo nome, Andrew, parecia lhe cair melhor do que o antigo. Às vezes, esquecia-se de qual era o antigo nome.

Era evidente que soubera a respeito do zelador, da bomba e da criança morta. Mas ouvir a história pelo ponto de vista de uma mãe horrorizava-o, como se a tivesse escutado pela primeira vez, e quisera passar os braços em torno dela e protegê-la da história, enterrá-la para sempre com mil histórias sobre piratas e gatos mágicos.

— Andrew — disse em voz alta, testando o nome. Descansou a caneca vazia de encontro ao joelho e observou o céu mudando as cores: laranja, rosa e amarelo. Logo o frio do cair da noite viria, trazendo seus tons mais escuros de violeta e vermelho.

— Aí está você. — Ele levantou os olhos. Ela estava parada a sua frente, usando *short* azul-claro. — Estive a sua procura por toda a parte. O que está fazendo?

— Pensando — respondeu ele. — O que é que você está fazendo?

Ela inclinou-se, limpando a terra dos joelhos.

— Ensinando a Duncan a palavra "barco".

— E quanto a "existencialismo"?

— Você está pensando na classe avançada, um cacto adiante. — Ela sentou-se ao seu lado, e ele achou ter captado um indício de aroma que o lembrou de violetas.

— Está usando colônia?

Ela riu.

— Você enlouqueceu? Por que eu estaria usando colônia aqui?

Ela virou-se, de modo que ficaram de frente um para o outro, os joelhos de ambos se tocando, e ele sentiu uma ponta de culpa, sentado ali, traindo duas pessoas: o homem que o contratara e a mulher que confiava nele. Teria de escolher um em breve, não apenas um lado, mas uma perspectiva. Um modo de pensar. Uma crença.

— Quero lhe dizer uma coisa, Martha.

Ela o fitou calmamente, e ele quase lhe contou tudo. A verdade toda. Mas e se aquela verdade o fizesse perdê-la? Não era lá muito bom em prever o que faria uma mulher abandoná-lo.

— Quero que saiba — começou ele — que, se eu pudesse ter levado aquela bomba para um campo e a segurado em meus braços até que explodisse, se eu pudesse ter poupado aquelas crianças, teria feito isso num segundo. — Sentiu os olhos ficando marejados novamente. Apanhou a caneca e encontrou um gole de uísque que, de algum modo, estivera se escondendo dele.

— Sabe no que eu penso às vezes, Andrew? Naquela mulher idosa, a mãe do zelador. Ela estava dormindo quando ele fez aquilo. Imagino-a deitada numa cama, um xale sobre as pernas, o sol entrando pela janela. Devia ter parecido tão serena.

Ele a viu inclinando-se, pousando a cabeça em seu ombro, e abraçou-a daquela maneira, observando, então, as cores do céu, imaginando-a arrumando flores num vaso em sua floricultura, enquanto a bomba explodia do outro lado da cidade.

Capítulo XIX

Duncan olhou fixamente para a palavra "chave" e sacudiu a cabeça.
— Vamos — encorajei-o. — Leia em voz alta.
Ele olhou para o chão com ar duvidoso.
— Cave.
— Não, Duncan. Sabe, as letras mudam às vezes, quando você as coloca juntas. C e *h* têm o som de *x*. Entendeu?
— Encontrei uma pedra achatada e apaguei todas as outras palavras, deixando um espaço em branco no qual pudesse colocar mais exemplos das sutilezas da ortografia, das estranhezas. Chama. Cheio. China. Choupo. Eu estava prestes a preparar meu filho para a força maior que é o encontro consonantal *cs*, como em "oxigênio", quando Andrew apareceu, ofegante, diante de nós, os pés descalços arruinando a lição. Olhamos para ele com surpresa.
Andrew agarrou minha mão.
— Venha comigo. Você não vai acreditar nisto.

Capítulo XX

Comanches haviam percorrido aqueles cânions, usando cinabre para pintura de guerra. Olhando do alto da ribanceira para as barracas perto do rio, nós éramos aqueles índios; tínhamos aquele mesmo senso revoltoso de violação. Eu deixara Duncan sentado em sua sala de aula de pedra com ordens para não se retirar para sua lição de soletração, enquanto Andrew e eu descêssemos para um olhada mais de perto, tomando o cuidado para não sermos vistos. Nós nos escondemos atrás de uma formação rochosa e observamos cautelosamente. Um grupo ruidoso, vários homens e igual quantidade de mulheres, tomava cerveja e ouvia música alta. Dois botes imensos tinham sido levados até a margem. Um grande cão de pêlo avermelhado zanzava por entre cadeiras dobráveis, dispostas em círculo, o sino em sua coleira tilintando. Os homens pareciam ter vinte e poucos anos, usavam *shorts* coloridos e sandálias de tiras nos pés. Os torsos exibiam uma brancura ofuscante sob o sol enquanto aplicavam filtro solar. Havia algo de ultrajante no jeito deles, algo desleixado, desagradável. Uma tendência para atirar lixo em lugares públicos, ou montar acampamento em cima de jovens samambaias.

— Quero que eles saíam, Andrew — sussurrei.

Mas eles ficaram, até o dia seguinte e o outro. Não podíamos mais nadar em nosso lugar favorito no rio, nem caminhar pelas margens. Tínhamos medo, inclusive, de nos afastar muito da caverna.

— Somos prisioneiros — reclamei.

— Eles sairão por conta própria, cedo ou tarde — respondeu Andrew.

— Essa gente me assusta. E se aquele cão tolo nos encontrar? E, é claro, Duncan é tão curioso que temo que acabe escapulindo da caverna alguma noite para ir investigar.

De fato, Duncan passava seu tempo escondido atrás de arbustos ou rochas, observando-os. O cão exercia-lhe especial fascínio.

— Quero um cachorro. Um grande e avermelhado, como ele.

Na terceira noite, fiquei agitada.

— O que vamos fazer? — perguntei.

— Podemos ir para outra caverna — sugeriu Andrew. O uísque acabara-lhe naquele dia, havia uma certa tensão em sua voz.

— Outra caverna? — perguntou Duncan, entusiasmado. — Existem outras cavernas? Por que não me contaram antes?

— Não vamos sair daqui — declarei com firmeza. — Esta é a caverna do velho, e nós ficaremos. Teremos apenas de pensar numa maneira de tirar aquelas pessoas deste lugar.

— Há uma maneira — anunciou Andrew.

— O quê?

— Eles têm uma grande caixa térmica cheia de comida. Nós roubaremos a comida, e eles terão de ir embora.

Depois que Duncan adormeceu, Andrew e eu descemos sorrateiramente até o acampamento, e o esperei num carriçal junto ao rio, tomando o cuidado de não pisar em formigas outra vez. Os campistas tinham terminado de beber e jogar cartas. O silêncio era total nas barracas. O ar estava frio, e os carriços produziram um som brusco que me assustou naquelas circunstâncias. Agachei-me e abracei os joelhos, desejando não ter insistido em ir até ali. Achara que poderia ajudar. Agora, percebia que minha presença era apenas um risco, uma preocupação para Andrew quando sua concentração deveria ter estado apenas no roubo.

Ouvi seus passos e comecei a me erguer detrás dos caules das plantas para lhe falar. Mas, então, houve outro ruído que fez com que eu me abaixasse rapidamente.

O tilintar de um sino.

Tentei não me mexer, mas minhas pernas tremeram. Os passos tornaram-se mais próximos e cessaram. Ouvi um praguejamento baixo, numa voz pastosa, um zíper sendo aberto e o som de alguém urinando na beirada do carriçal. Prendi a respiração até que aquele ruído característico cessasse.

— Binky — disse a voz de um homem, e a cabeça do cachorro apareceu no meio dos carriços, bem diante do meu rosto. Eu ofeguei. O animal rosnou, mostrando-me as presas.

— Binky? — Agora o próprio homem adentrou no carriçal conosco, os olhos se arregalando com surpresa quando me viu.

Pus-me de pé num instante, mas o homem agarrou meu braço.

— Espere! — disse ele. — Quem é você?

Perdi a cabeça.

— Andrew! Andrew!

O homem segurou-me com mais força e me puxou de encontro a si, apertando-me firmemente, a despeito de sua embriaguez. O cão começou a latir alto.

— Não! — disse eu, e então outra pessoa entrou no carriçal e saltou em cima do homem alcoolizado.

— Andrew! — gritei, ofegante.

Os dois lutaram violentamente no meio dos carriços, o cão uivava àquela altura, e vozes surgiam da área do acampamento.

Andrew esmurrou o estranho, e ele gemeu. Tornou a golpeá-lo e, quando o homem caiu, Andrew saltou em cima dele, surrando-o sem parar.

Agarrei o ombro de Andrew.

— Pare com isso! Chega! — Eu o tirei de cima do homem, e nós corremos do carriçal, beirando a margem do rio, o campista bêbedo gritando subitamente, soltando uivos medonhos.

Lanternas atrás de nós. Um pouquinho do meu lado. Andrew puxou-me para dentro do rio, a água cobria meus joelhos. Andamos pela água até um seixo rolado e afundamos até a altura do peito. Vimos luzes de lanternas ao longo da margem.

— Não se mova — sussurrou-me Andrew ao ouvido, os braços em torno de mim. — Apenas fique quieta.

— Qual é o problema com você?

— Eu disse para ficar quieta.

— Você feriu aquele homem!

— Cale-se!

— Eles foram por ali! — gritou o homem embriagado.

— Quem eram eles? — perguntou alguém.

— Merda. Eu não sei. Havia dois deles.

— Pegue-os, Binky!

Binky, o grande cão avermelhado, parou para farejar nossas pegadas na margem e, então, correu para além do nosso seixo rolado, seguindo rio abaixo. As vozes continuaram por uma hora, enquanto aguardávamos silenciosamente na água. Enfim, ouvimos alguém dizendo:

— Diabo! Eu vou me deitar. — Em poucos minutos tudo ficou quieto.

— Acho que foram dormir — sussurrou Andrew.
Meu coração ainda estava disparado.
— Não posso suportar uma coisa destas. Isto não pode acontecer aqui.
— Está tudo bem. Você está a salvo. Aquele sujeito a machucou?
— Apenas meu braço, onde o agarrou. — Mostrei-lhe meu braço, e ele tentou examiná-lo sob o luar.
— Lamento — disse-me, enfim. — Lamento tanto.
Beijando meu pulso, Andrew me ajudou a levantar, e voltamos à caverna, água pingava de nós até a pedras frias.

Na manhã seguinte os campistas haviam desaparecido, deixando para trás tudo que não queriam. Copos de isopor, latas vazias de cerveja, saquinhos vazios de batatinhas fritas, invólucros de sanduíches. Nós três andamos pelo acampamento deles, chutando o lixo. Quis perguntar a Andrew porque ficara tão encolerizado na noite anterior, mas não ousei.
— Aquelas pessoas são porcas — comentou Duncan, estendendo a mão para apanhar um saco de papel.
— Não toque nisso! — avisei-o. — Não toque em nada!
— Olhei para Andrew. — Acho que você os afugentou.
— Aposto qualquer coisa com você que os homens queriam ficar — respondeu ele. — Mas, provavelmente, assustei as mulheres.
— O que faremos agora? Você acha que eles chamarão os patrulheiros?
Andrew deu de ombros.
— Estou lhe dizendo, acho que devemos sair daqui.
Repetiu aquilo na caverna, enquanto servia-se de uísque de uma garrafa que ia pela metade e parecia diferente das outras que eu tinha visto.

— Onde arranjou isso? — perguntei.
— Encontrei no acampamento deles.
— Bem, creio que algo bom tenha resultado de tudo isso.
Ele notou meu tom e bebeu generosamente. Em poucos minutos vi o velho Andrew retornando, gentil e terno.
— Não se preocupe com isso, Martha. — Bateu com os dedos na lateral da caneca de lata. — Farei isto durar. — Mas não o fez. O uísque se acabara ao cair da noite e, quando acordei no dia seguinte, ele já colocara sua mochila nas costas.
— Vamos nos mudar? — disse Duncan animadamente.
— Aonde você vai? — perguntei a Andrew.
Ele optou por responder minha pergunta em vez de a de Duncan.
— Vou apenas até a cidade. Volto já.
— Volta já? Você levará pelo menos dois dias.
— Preciso ir comprar alguns suprimentos.
— Que tipo de suprimentos?
Andrew não respondeu e, então, apanhei uma garrafa.
— Deste tipo?
— Não é da sua conta. — A voz dele não se mostrou mais tão amistosa.
— Quero ir até a cidade! — gritou Duncan, saltando sem parar. — Quero doces, chocolate e quero...
— Então, deixe-me entender isto direito — falei a Andrew, num tom que fez Duncan ficar quieto. — Você deixaria meu filho e a mim aqui sozinhos, depois que fui atacada, para ir buscar uísque.
— Você não entende. Não entende nada!
Juntei as quatro garrafas vazias dele e joguei-as no lago.
— Se você for, não volte mais.
— Martha...
Cruzei os braços.

— Falo sério. Não volte mais.

Andrew deslocou-se até um lugar onde ficou alto demais para que a luz de vela alcançasse, e seus passos se desvaneceram.

Duncan começou a segui-lo, mas segurei-lhe o braço.

— Não se atreva.

Estávamos sozinhos novamente, as pedras formando um semicírculo em torno de nossos sacos de dormir.

— Ele voltará — falei a Duncan, no mesmo tom de voz que usara repetidamente para assegurá-lo de que David iria até ali também. Com medo de me aventurar até o lado de fora, dei a aula no interior da caverna. Eu estava rabiscando a última palavra no chão quando Andrew apareceu na caverna.

— Ele voltou, como você disse, mamãe! — exclamou Duncan, contente. Andrew não proferiu palavra. Largou a mochila e sentou-se de pernas cruzadas diante da última palavra.

Capítulo XXI

O pior passara.
 Os tremores e a terrível sede. A transpiração e os sonhos que não faziam sentido, que prosseguiam incessantes, projetando cores brilhantes, surpreendentes e, depois, puro alabastro.
 Agora, ele estava deitado tranqüilamente em meio ao silêncio da caverna, velas acesas ao redor, iluminando histórias que ele mesmo inventara. O leão que jogava xadrez e a serpente que servia como bicho de estimação de um rei. Inúmeras vezes, no decorrer dos cinco anos anteriores, ele acordara para enfrentar a ausência de suas próprias histórias. Vivera e formara o centro delas e, ainda assim, não conseguira recordá-las. Ele quisera saber, mas, ao mesmo tempo, não, e, ainda que lhes tivesse pedido, as outras pessoas não as teriam contado. Tinham costumado guardar para si as coisas ridículas que ele dizia, ou o jeito como errava a privada quando urinava, manter as histórias dele reféns com base em alguma crença equivocada de que aquilo forçaria uma mudança. Parte da punição de um alcoólatra, contudo, era ter de combater o silêncio com uma marca própria e compensar as histórias faltantes com mil gestos mudos.
 Ele moveu as pernas um pouco e suspirou. A mulher sussurrou para o filho antes de se aproximar para colocar um pano em sua cabeça, um pano molhado no lago de pei-

xes cegos. A mão dela era leve em sua testa; o rosto do menino estava sério.

— Ele ainda está doente? — perguntou o garoto. Sua voz estava ansiosa, um sussurro, como se tivesse medo de que qualquer sinal de malcriação causasse uma mudança para pior, tal como expor um homem com pneumonia ao relento.

— Sim, ele ainda está doente, querido.

— Não quero ir à escola hoje, quero cuidar de Andrew.

A declaração fez o detetive sorrir, e o menino e a mulher, surpresos, retribuíram o sorriso. Ele traíra a todos. A mulher, o garoto, o marido em Ohio, que andava de um lado ao outro de sua cozinha sem tirar os olhos do telefone. E, ainda assim, ele não podia ignorar a transformação em si mesmo. Havia escolhido um lado, uma fé. Como pudera julgar a mulher louca, agora que a prova óbvia se fora?

O marido estaria no encalço àquela altura, percebendo que algo saíra errado.

A mulher e o garoto sentaram-se a seu lado. Ele estendeu a mão lentamente e tocou o rosto do filho dela.

— Ele está melhor! — gritou o menino.

— Andrew — disse a mulher. — Estivemos tão preocupados com você.

Ele tinha um plano. E uma vez que a tivesse convencido a respeito, contaria tudo a ela.

Capítulo XXII

Andrew não estava na caverna quando acordei. Encontrei-o na rocha de observação, olhando para o rio. Era estranho vê-lo de pé depois de três dias vigiando seu sono.

A barba dele tornara a crescer, cobrindo a cicatriz.

— Você se sente melhor, creio eu — comentei.

Andrew confirmou com um gesto de cabeça, mas não tirou os olhos do rio.

— Eu queria me desculpar. Quero dizer, por ter feito você ficar comigo e Duncan. Não sabia que ficaria tão doente.

— Não foi culpa sua. — Ele sentou-se na rocha, deixando os pés descalços balançar. Sentei-me a seu lado.

— Não vi nenhum patrulheiro — falei. — Talvez aqueles campistas não tenham nos denunciado.

Andrew deu de ombros.

— Talvez seja uma grande história de aventura para eles. Ou talvez aquele sujeito estivesse tão embriagado que pensa que sonhou tudo.

— Há quanto tempo você...

— Tenho sido um bêbado? Há bastante tempo. A coisa foi ficando cada vez pior. Acho que eu não sabia quanto estava deplorável.

— Como você se sente?

— Estranho. Sinto uma espécie de vazio.

— Você ainda quer um drinque?

— Oh, inferno, sim. Mas nunca mais voltarei a beber. Sei disso agora. Sei uma porção de coisas. Tudo está tão claro. As coisas estão claras para você, Martha?

Eu sabia o que ele estava me perguntando. Queria lhe dizer novamente que eu era casada, que jamais poderíamos ficar juntos, mas as palavras não saíam.

Eu não tinha sonhado por muito tempo quando abri os olhos em meio à escuridão absoluta e a uma curiosa tensão. Em Ohio, os atos de dormir e acordar tinham sido cuidadosamente separados pela qualidade da luz que penetrava pela cortina da janela. A escura significava que o sonho podia continuar; a cinzenta, que ele estava ameaçado e a clara que o sonho era irrecuperável. Ali, eu tinha de me deter um momento, meu sonho ia e voltava e, finalmente, deixando-me por completo enquanto eu permanecia deitada de olhos abertos, a mesma escuridão que antes me aterrorizara agora tão familiar quanto papel de parede, carpete, ou o contato de lençóis de flanela. Meu filho dormia profundamente a meu lado, sua respiração tão sutil e precisa quanto o roçar de um grilo de caverna por meu braço despido.

Alguém chamou meu nome. O som flutuou em torno da caverna, tão insubstancial que podia ter se originado de qualquer lugar, de um feiticeiro, ou de um anjo, acenando do centro congelado de uma história inacabada. Mas eu sabia quem estava me chamando, e o tom convidava a uma escolha. Eu não estava apta à tarefa, mas a voz tornou a chamar e me levantei, deixando as velas apagadas. Percebi que o som vinha de uma cavidade mais afastada e que, quando fez uma pausa, o silêncio que deixou em seu rastro tinha uma densidade mais baixa do que a do restante da caverna. Caminhei na direção da voz, ouvindo, abaixo dela, a movimentação dos grilos e água gotejando. As pedras eram lisas e frias sob meus pés, e eu me surpreendi com a segurança com que me movia no escuro. Pela força do hábito, eu aprendera os truques dos morcegos, que são capazes de voar por um recinto completamente cegos e desviar até de linha de pesca.

Cheguei ao lugar na parte detrás da cavidade, onde o corredor se abria, e então ajoelhei-me e comecei a gatinhar; cuidadosamente, porque me lembrei de um pilar de pedra calcária, onde poderia bater a cabeça. Eu tinha a respiração regular, os olhos bem abertos. Sentia-me pré-histórica, antiga em meus movimentos e pensamentos. Baseavam-se em necessidade primária: fogo, água, calor e palavras tão simples quanto as não ditas.

Eu não sabia o que dizer quando o alcancei, e ele me puxou para si, sua pele quente e macia. Movi as mãos por seu corpo despido, sentindo-lhe o contorno da espinha. Eu usava apenas uma camiseta e uma calcinha cujo arremate de renda desfiara-se após repetidas lavagens no rio. Andrew retirou ambas, e eu queria ir devagar com as coisas, ou talvez até bater em retirada. Havia dito a mim mesma que nós iríamos conversar, mas nenhuma palavra foi proferida depois do meu nome. Pensei que tinha uma eternidade para tomar uma decisão, tanto tempo quanto leva para se formar um bico numa ave de calcita, ou para uma pedra calcária adquirir a forma de uma tigela sob o gotejamento constante da água. O tempo, contudo, apressou-se de repente, como um rio que decide que precisa chegar até o mar ao amanhecer, e nós fomos apanhados pela evolução, nossos olhos se fechando e retrocedendo, o corpo de Andrew cobrindo o meu, nossa pele tornando-se pálida e translúcida, meus dedos na poeira, movendo-se para a frente e para trás, minha aliança de casamento sendo polida, como uma estrela de encontro ao chão de dolomita.

Capítulo XXIII

Era de manhã. Ao menos havia luz indicando aquilo, enquanto deixei a caverna e comecei a descer a ribanceira sozinha, descalça, já mancando só em pensar em pisar num arbusto espinhoso ou numa pedra pontiaguda. Eu pensara que poderia deixar meu crime para trás na caverna quando entrasse no deserto. A dor que me acompanhava provou que estava completamente enganada, e eu não suportei olhar para a aliança de casamento em minha mão.

Contara com o ato do sexo ficando encerrado em si mesmo, mas até a pequena dor quando Andrew me penetrou havia formado uma série contínua de volta a David, lembrando-me de quanto tempo se passara desde que nós dois tínhamos estado juntos de tal maneira. Havia pensado que conseguiria esquecer meu casamento do mesmo jeito como esquecera tudo mais, porém ali estava, rompido, mas ainda de andar seguro enquanto me seguia na descida da ribanceira. Quando cheguei ao rio, andei pela água, correndo as mãos por ela, sentindo a lama do leito por entre os dedos dos pés.

Eu estava sentada numa pedra, os cabelos secos, mas as roupas ainda molhadas, quando Andrew surgiu no meu raio de visão. Acenou quando me viu e desceu na direção do rio.

— Olá. — Sentou-se ao meu lado.

— Oi. — Fitei-o nos olhos apenas brevemente e, então, desviei os meus. Uma brisa apareceu do nada e soprou-me os cabelos no rosto. Andrew tentou ajeitá-lo de volta no lugar com os dedos.

— Não.

— Não o quê?

— Não me toque.

— Por quê?

Eu não respondi. Sabia que não estava sendo justa com ele, mas não pude evitar. Havia traído David de tantas maneiras que teria de usar o círculo de pedras em nossa caverna para enumerar todas.

Ele soltou um suspiro, visivelmente aturdido. Bateu de leve com o pé descalço na superfície da água, fazendo com que círculos concêntricos se espalhassem em direção à margem mais distante.

— Você se sente culpada — comentou. — Eu também me sinto um pouco.

— E por que deveria? Você não é mais casado.

— Há outras maneiras de trair.

Senti três novas mordidas de inseto na panturrilha e cocei-as até formar uma vermelhidão na pele semelhante à cabeça de uma dália. Andava pensando muito em minhas flores recentemente. Deixara-as para morrer no refrigerador da floricultura, pétalas caindo, botões de rosa escurecendo, tornando-se da cor de fuligem.

— Precisamos sair daqui, Martha.

— Já lhe disse, não iremos para outra caverna.

— Não é o que quero dizer. Refiro-me ao fato de precisarmos deixar este lugar. É apenas uma questão de tempo até que seu marido encontre você.

Eu o fitei, surpresa.

— Por que está preocupado com isso tão repentinamente? Andrew hesitou.

— Este lugar não é tão isolado quanto pensei que fosse. Todas essas pessoas passando de barco. Estamos sempre nos escondendo. Alguém nos descobrirá, cedo ou tarde. David, ou alguma outra pessoa. — Ele tocou meu braço. — Podemos ter uma vida juntos, Martha. Eu, você e Duncan.

— Uma vida onde?

Ele apontou rio abaixo.

— Meu amigo geólogo costumava falar sobre um lugar para além do *Canyon* Boquillas, onde há um caminho fácil para o México.

— Você quer ir para o México?

— É o mesmo deserto lá. Mas há lugares para vivermos onde anos podem se passar sem que vejamos viva alma.

— Eu não irei.

— Por que não?

— A caverna é segura.

— Não é, e você sabe disso. Mas talvez a questão não seja a caverna. Talvez seja o fato de que seu marido pode encontrá-la aqui. E talvez você queira que ele a encontre.

— Não seja tolo.

— Você mesma disse que ele não a entendia e que, se a encontrar, irá interná-la num hospital. Eu *jamais* colocaria você num hospital. — Andrew falou aquilo com um ligeiro tremor na voz, e eu quis beijar-lhe a pele morena da perna e, então, empurrá-lo na água por complicar minha vida.

Naquela noite eu estava no lago, a luz de vela espalhando-se pela água e mostrando aos peixes uma cor que jamais seriam capazes de apreciar. Duncan chapinhava a água do outro lado do lago, contornando as árvores de calcita, parando ocasionalmente para acenar para mim.

A água agitou-se diante de mim, e Andrew ergueu-se, os cabelos lustrosos, grudados na cabeça. Encostou-me na margem de pedra, o rosto bem próximo ao meu.

— Não — sussurrei eu. — Duncan pode nos ver.

Andrew não se moveu, apenas manteve-se inclinado de encontro a mim.

— Eu amo você — sussurrou. — E amo Duncan. Vamos sair daqui, Martha. Iremos para algum lugar onde todos poderemos estar a salvo, para sempre. — Ele desceu a mão por meu braço, por sob a água, até meu pulso, e então minha mão, encontrou a aliança no meu dedo e deslizou-a até o segundo nó antes de eu ter cerrado o punho.

Capítulo XXIV

Acordei antes de Duncan e Andrew, algum despertador interno penetrava em meu sonho, e me desvencilhei do abraço de Andrew, vestindo-me rapidamente. Andei descalça pela caverna, estendendo os braços para manter o equilíbrio, evitando dentes, asas e cetros. Andrew contara sua história mais ambiciosa na noite anterior. Ela contivera cada cor no universo e prosseguira durante horas, tão longa que a luz da lanterna se extinguira e apenas a voz dele permanecera. Fora uma bela história, cheia de reviravoltas, cujos detalhes se perderam para mim sob o ar pálido que preenchia a zona limite, onde criaturas desenvolvem ossos mais fortes, caçam comida mais veloz e piscam.

Ele estava a minha espera, sentado num tronco caído de choupo, as mangas da camisa arregaçadas. Perguntei-me por que ele não entrara na caverna. Talvez tivesse entrado e, então, percebido que não conseguia enxergar nada. Olhou para mim firmemente, a barba por fazer, o cabelo um tanto mais comprido, mais grisalho nas têmporas. Seus olhos continuavam azuis, mas tinham um ar anuviado, e a pele estava bronzeada, dando-lhe um falso ar saudável.

Na noite anterior ele quase cessara de existir, quando Andrew abraçara meu corpo e sussurrara em meu ouvido. Eu quase havia cedido àquela tentação, àquela promessa de paz. Minha aliança quase deslizara do meu dedo para cair no fundo do lago.

Não pude dizer que fiquei surpresa em vê-lo. Aquela era a terra das repentinas estranhezas. Lagartos que soavam como aves, pedras que formavam arco-íris, plantas espinhentas que acabavam se mostrando comestíveis bem no centro. Uma breve rajada de vento ergueu o colarinho dele e fez seu cabelo esvoaçar. Quando ele endireitou o colarinho, eu vi que ainda usava a aliança e baixei o olhar, receando que a minha ainda estivesse suspensa no nó do dedo. Quando a vi na base do meu dedo quis mostrá-la a ele como prova de que não pudera esquecê-lo.

Eu havia temido aquele momento por tanto tempo, mas agora, olhando para ele, senti uma esperança desenfreada e desesperadora de que ele tivesse voltado a ser como antes. Perto do meu pé esquerdo estava o que restara da lição de Duncan do dia anterior, rabiscada no solo rochoso e deixada ali para que a lua lesse. "Jornada", "silêncio" e "martelo". Desejei que ele tivesse visto as palavras e entendido que eu ainda era uma boa mãe. Ainda me era importante que nosso filho soubesse ler e escrever. Tantas palavras, apagadas com um galho de choupo e, então, reescritas.

— David — disse eu.

Capítulo XXV

Ele se levantou e olhou para mim.
— É bom ver você — falei. — Não recebemos muitos visitantes na caverna, exceto por uma ou outra testemunha de Jeová.
David não sorriu. Em vez daquilo, observou a abertura da caverna.
— Não consigo acreditar nisso — falou numa voz um tanto rouca.
— Acreditar no quê?
Ele apontou para a caverna.
— Você esteve vivendo ali dentro?
— O lugar não é como você pensa.
— Escuro e frio?
— Bem, ele é. Porém é mais do que isso. Você verá. — Eu não estava certa quanto ao protocolo entre um homem e a esposa que o abandonara. Eu deveria abraçá-lo? Apertar-lhe a mão? Teria adorado tocá-lo, desabotoar-lhe a camisa e correr as mãos por seu corpo esguio a fim de me certificar de que não continuava sonhando. Um gesto daqueles, porém, pareceu insuportavelmente rude.
— Como você me encontrou?
— Verifiquei todos os seus papéis. Obtive os registros de seus telefonemas. Conversei com cada amigo que você já teve. Até me levantei numa noite e andei em torno da

casa, o caminho que você costumava fazer quando não conseguia dormir. Tentei imaginar o que você andava pensando. Fui, inclusive, falar com aquele psiquiatra, mas ele não tinha respostas para mim. Contratei um detetive particular, mas ele também desapareceu. Assim, comecei de novo, por conta própria. Voltei e conversei com todos os vizinhos novamente. Li suas antigas cartas. Examinei todas as suas velhas notas fiscais na floricultura...

— Como estavam as flores? — indaguei, dando-me conta tarde demais do absurdo da minha pergunta.

David parou por um momento.

— Havia uma rosa ainda viva — disse — no canto do refrigerador. Seu botão não abria. Levei-a para casa e ela desabrochou na nossa mesa do café da manhã.

A voz dele estava mais gentil do que eu me lembrava, e senti uma repentina gratidão por ter-me contado sobre a única coisa viva naquela floricultura em vez de todas as mortas.

David meteu a mão no bolso, de onde tirou algo.

— Tome. — Abriu a mão para que eu pudesse ver as pétalas secas.

— Oh! — exclamei. Uma rajada de vento soprou-as da palma da mão de David e espalhou-as pelas pedras.

— Lamento. — Ele as observou voando para longe.

— Não, David. Obrigada. Isso significou muito para mim.

Ele enfiou as mãos nos bolsos.

— Quando verifiquei as vias das notas fiscais, estava à procura de clientes habituais. Amigos ou conhecidos que você tivesse e eu não conhecesse. Havia vários. Falei com mais donas-de-casa que posso enumerar e com um homem que tinha sete amantes.

— Como você estava conseguindo trabalhar?

David pareceu perplexo.

— Eu não estava trabalhando. Como eu poderia trabalhar? — Baixou os olhos. Uma libélula surgiu do nada, pairando perto da sombra de barba no rosto dele.

— Você perdeu seu emprego?

— Eu me demiti.

Pensei em todas as fotos preenchendo as paredes do escritório dele, de David fazendo seus negócios e explorando seus poços de extração. Agora as fotos haviam sido substituídas, e as novas mostravam David encontrando-se com o detetive particular, dando telefonemas para o Texas, abrindo a porta rangente de uma floricultura escura, sentando-se sozinho à mesa do café da manhã, uma única rosa desabrochando.

— Sinto muito.

— Um de seus fregueses, chamado Ed Godwin, ia à floricultura todas as semanas, de acordo com as notas fiscais. Era um velho tolo e estranho, tinha uma casa cheia de jornais e um vaso repleto de cravos mortos na mesa. Em princípio, disse-me que não sabia de nada. Em vez disso, falou-me sobre suas esposas, como tinham costumado dançar adoravelmente, como as tinha amado de maneira tão igual que até os dias de hoje não pudera escolher uma como sua favorita. E contou-me sobre como ambas tinham morrido em seus braços, uma em 1948, de insuficiência renal, e a outra em 1967, de câncer. — David lembrava-se daqueles fatos com precisão; eu costumava ler seus relatórios de perfuração e ver o mesmo apreço pelos detalhes. — Ele me disse que não fazia idéia de onde você tinha ido, mas tive a sensação de que estava mentindo.

— Assim, comecei a visitá-lo de poucos em poucos dias. Eu o deixava falar à vontade. Ele sabia onde você estava. Eu sabia daquilo. E um dia falei àquele velho: "Você conhece minha esposa. Viu como é bonita. Ao menos tão bonita quanto suas esposas. Ela gostava de dançar também. Exatamente como suas esposas. Ela está doente. Está doente e fugiu no meio da noite. Se souber onde ela está e não me disser, será o responsável pelo que lhe acontecer. Você diz que duas esposas morreram em seus braços. E se minha mulher morrer em algum lugar, longe dos meus braços? Completamente sozinha? É o que você desejaria para outro homem?

Eu pude imaginar os dois na cozinha do velho, cadeiras de madeira, cortinas com estampas de begônias, linóleo curvando-se em torno do rodapé. O velho não tivera a menor chance com David, capaz de encontrar petróleo em leito de rocha e a sentimental vulnerabilidade nos ossos de um idoso.

— Como lhe pareço? — perguntei a David.

Ele estudou meu rosto.

— Está bronzeada. Tem o cabelo bem mais curto.

— Estarão abrindo um salão no próximo outono, numa caverna rio abaixo.

Ficou evidente que a ausência do meu humor não contribuíra para a dor dele. Agora que a claridade se intensificara, pude lhe ver as olheiras profundas, manchas na camisa, pequeninas bagas arroxeadas grudadas na barra das calças. David afastou uma centopéia do braço.

— Você nem sequer perguntou sobre Duncan.

— Tenho medo de perguntar.

— Ele está bem. Está feliz.

Ele assimilou a informação, começou a dizer algo e mudou de idéia.

— Tenho pensado nele a cada segundo do dia — declarou, enfim —, quando não estava pensando em você. Não posso suportar isso, o quanto sinto a falta dele.

— Ele também sente sua falta.
David não disse nada. O que poderia dizer para a mulher que lhe roubara o filho no meio da noite?
A centopéia subia no sapato dele. Atirou-a longe.
— Duncan está feliz aqui. Sei que não acredita em mim, mas é verdade. Ele sabe o nome da maioria das flores à volta e consegue soletrar praticamente tudo. Veja. — Apontei para uma palavra escrita no chão. — Temos aulas.
David fechou os olhos.
— Fique quieta, Martha. Apenas não diga mais nada.
Eu encolhi os dedos dos pés.
— Sei que você pensa que enlouqueci, tendo arrastado Duncan até aqui. Mas tive minhas razões. E deu certo. Ele adora a caverna, o rio e... — *E adora Andrew.*
— Vamos conversar sobre isso mais tarde — falou David numa voz cansada.
— Você não dormiu, não é?
— Não dormi nada durante os últimos dois dias. — Ele abriu os olhos. — Por que você escolheu este lugar, entre todos que existem no mundo? Não é seguro aqui. Os patrulheiros me disseram que há inundações repentinas e leões-da-montanha.
— Mas não há zeladores.
David estreitou os olhos.
— Cascavéis — prosseguiu. — Escorpiões.
— Bem, você tem saber o que está fazendo. — Eu disse as palavras duramente, mas não tive intenção de proferi-las de tal modo. Quis apenas me defender, à minha própria maneira. Ao mesmo tempo, estive tentando julgar o som de minha voz no decorrer daqueles minutos. Era a voz que eu tinha antes da morte de Linda, ou adquirida depois?
— Você vai voltar comigo? — Havia súplica na voz de David, e eu senti sua dor tão nitidamente, vi a cozinha, e as

manchas no fundo das xícaras que ele lavara. Vi o relógio de parede. A secretária eletrônica piscando e ele se inclinando acima dela, apertando o botão.

— Não precisava ter partido — disse ele. — Poderíamos ter resolvido a situação. Ainda podemos. Sou seu *marido*.

— Você não entendeu. Não estou dizendo que é culpa sua. Talvez você não tenha conseguido ajudar a si mesmo. Mas não pude mais ficar lá, conhecendo o seu ponto de vista.

— Não estou zangado com você. Nem um pouco. Eu só quero cuidar de você. Prometo que farei com que fique melhor, se me der uma chance.

— Fará com que eu fique melhor? E quanto a você?

— Não quero discutir. Estou tão cansado.

Eu me aproximei dele e pousei a mão em sua face, toque que o fez expirar.

— Sei que não consegue acreditar nisto, mas tenho pensado em você a cada segundo do dia. Mesmo quando eu não sabia que estava pensando em você, você estava lá. Um estímulo subconsciente para tudo, até piscar.

David ergueu a mão e segurou meu pulso.

— Você está bem, Martha?

O som da voz dele, tão suave e cheia de preocupação, partiu meu coração. Imaginei-o num bote, batendo em seixos rolados e rodopiando na água. Petróleo, não água, era o seu elemento. Ele fizera tudo aquilo por mim.

Meu guia não trazia orientação sobre como proceder quando um marido entra na caverna de uma esposa infiel e encontra seu amante lá dentro. Nunca me preocupei com a possibilidade de David ser infiel a mim. Não era aquele tipo de homem. E até uma semana antes eu jamais teria pensado que o trairia. Caminhamos pela zona limite juntos, e, então, as sombras caíram sobre nós. Mais alguns passos e estávamos em completa escuridão. Eu me perguntei se estaria sonhando aquilo tudo, se, na realidade, seriam três da madrugada e não haveria pássaros cantando do lado de fora, nem o sol nascendo, nem marido abandonado algum caminhando a meu lado. David colocou a mão no meu ombro para se apoiar.

— Abaixe-se aqui — avisei-o.
— Por quê?
— Há uma estalactite bem a nossa frente. Parece um facão de caça.
— Como pode caminhar desse jeito no escuro?
— Posso sentir tudo a minha volta.

Não pude dizer se ele estava com medo, ou curioso. Apertei-lhe a mão.

— Pare por um minuto, David.
— O que é?
— Há alguém mais nesta caverna. Além de Duncan.

Ele largou minha mão.

— Quem?
— Um amigo. Eu só queria que você soubesse.

Não houve resposta na escuridão.

— David? — Estendi minha mão e toquei-lhe o braço.
— Quem é esse amigo? — Ele pareceu desconfiado. Como todas as criaturas cegas da caverna, captara o meu tom de voz.
— Deixe para lá. Você verá num minuto. — Tornei a pegar-lhe a mão e o conduzi, dobrando pelo canto final e entrando na cavidade principal.

Andrew estava agachado diante do fogão de pedra, de costas para nós. Luz de vela brincava na pele nua de seus ombros.

Duncan não se via em lugar algum.

— Onde está Duncan? — perguntei.

— Acho que ele foi até a outra cavidade — respondeu Andrew, ainda virado para o fogão.

— Quem é você? — interpelou-o David. Andrew gelou ao som da voz dele. Levantou-se, então, e virou-se.

Os dois homens se entreolharam.

— David — disse eu —, esse é Andrew.

— O nome dele não é Andrew — respondeu David. — É William. William Travis.

— Do que está falando?

— Conte-lhe — ordenou David.

— Não é o que está pensando, Martha. Ele me contratou para encontrar você. Mas...

— David contratou você?

— Não é detetive dos melhores, porém — acrescentou David, a voz tensa. — Geralmente uma pessoa não tem de se preocupar com o desaparecimento do detetive também.

— Não acredito nisso. — Minha mente rodopiava alucinadamente. — Vocês dois estavam trabalhando juntos? Contra mim?

— É diferente agora! — insistiu Andrew. — Eu amo você!

— Você a ama? Ela é minha esposa! — David avançou para cima de Andrew e lhe deu um empurrão. — Você dormiu com ela? Tirou proveito de uma mulher doente? Vou colocá-lo na cadeia por isso.

— Tire suas mãos de mim — avisou-o Andrew, e a caverna foi tomada pela ameaça de guerra.

— Duncan! — gritei. — Fique onde está. Não venha até aqui.

— Martha não está doente — declarou Andrew. — Ela está bem. Talvez você esteja doente.

— Você é uma ótima pessoa para fazer esse diagnóstico! Depois que descobri tudo a seu respeito! Que você é um bêbado patético que foi expulso da polícia! E não conseguiu manter a sua própria esposa a seu lado, não é mesmo?

— David — interferi —, pare de tentar... — Minhas palavras morreram na garganta. Duncan apareceu naquela parte da caverna.

— Ali está ele, David — disse eu, orgulho em minha voz.

— Ali está seu filho. — Apontei para o fundo da caverna.

— Duncan? — David deu alguns passos e parou. Seus ombros caíram, e ele sentou pesadamente no chão, colocando a cabeça nas mãos. Perplexa, ajoelhei-me a seu lado, perto o bastante para lhe ouvir a respiração entrecortada. Eu nunca o tinha visto chorar, nem em seu casamento, nem no nascimento do filho, tampouco no funeral do pai.

Duncan permaneceu sob a luz de vela, observando.

Coloquei a mão no ombro de David.

— Papai? — Duncan se aproximou, virando a cabeça de lado para olhar melhor o pai. — Papai, eu sabia que você nos encontraria. Soube o tempo todo.

Capítulo XXVI

David ainda afundava a cabeça nos braços. Eu permaneci ali, completamente atordoada pela virada dos acontecimentos, querendo desesperadamente apagar todas as velas, enfiar-me de volta em meu saco de dormir e esperar que o sol retornasse para seu próprio saco de dormir. Começar o dia novamente pareceu uma boa idéia.
— Diga-lhe para sair — falou Andrew.
— Mamãe — protestou Duncan. — Eu quero que papai fique.
— Seu pai não tem de ir a lugar algum. E, Andrew, ou qualquer que seja o seu nome, cale-se. Apenas saia.
— Papai! — Duncan deu um tapinha no ombro do pai.
— Deixe seu pai quieto por alguns minutos, querido. Vá até lá fora.
Andrew olhou para David.
— O que quer que ele diga, não acredite, Martha.
— É algo bastante engraçado de dizer — respondi eu — vindo de você.
Andrew fez um gesto para Duncan, e eles se afastaram pela escuridão, deixando-me a sós com David. Sentei-me ao lado de meu marido, observando-o. Eu havia causado aquilo a ele. Pegara o homem mais estóico da terra e o arrasara. Havia uma foto instantânea minha pendurada na parede de

cada quarto principal do mundo, um aviso a casais que pensam que conhecem um ao outro.

— Lamento, David — falei e era verdade. Havia me empenhado tanto para mantê-lo longe dos meus pensamentos, mas o deserto, que oferecia amnésia para todas as outras lembranças, não me dera aquele último presente. Eu não tinha certeza de que ele teria sido capaz de me encontrar se o houvesse esquecido realmente. Agora encontrava-se ali para nos levar de volta. Provavelmente, já pagara por nosso quarto de hotel em Alpine e nosso vôo de volta rumo ao norte.

As mãos dele tinham se afastado do rosto, a cabeça estava virada de lado, e a respiração era profunda, lenta. Toquei-lhe o ombro.

— David?

Ele adormecera, exausto de seus dias no rio e todas as semanas antes daquilo. Fiquei sentada e observei-o por uma hora ou duas, as pernas cruzadas e as mãos dobradas em meu colo. Encontrei meu aparelho de CD portátil e tentei tocar uma canção de John Denver, mas nenhum som saiu. As pilhas tinham acabado. Ausência de música, presença de marido. Uma caverna que pareceu subitamente fria. Peguei a caneca de lata de Andrew e a enchia com a água clara do lago, bebendo-a lentamente. Achei, então, um cobertor e coloquei-o em torno dos ombros de David. Ele nem sequer se moveu.

Quando cheguei ao rio, vi Duncan primeiro, a água batendo-lhe até os joelhos. Andrew estava sentado na pedra além dele, os joelhos erguidos e a mão no queixo. Parecia que uma eternidade se passara desde que tínhamos feito amor. Presumi que era a culpa amortecendo com o tempo, da mesma maneira que uma criança mete lenços Kleenex dentro das calças antes de uma surra.

— Olá, querido — disse eu, aproximando-me de Duncan.

Ele saiu da água e sentou-se na margem.

— Papai ainda está chorando?

— Não. Está dormindo.

Duncan tinha o ar de quem estivera chorando também.

— O que há de errado com ele? Não está contente em me ver? Nem sequer falou comigo.

— É claro que seu pai está contente, meu anjo. Acontece apenas que ficou muito cansado tentando nos encontrar e precisa descansar. Conversará com você mais tarde.

— Quero lhe mostrar a caverna. As outras cavidades, as histórias e tudo mais.

— Você poderá lhe mostrar. Ele gostará disso.

Olhei na direção de Andrew, que encontrou meu olhar e desviou o seu rapidamente.

— Papai está triste — informou-me Duncan.

— Sim. Mas ele ficará melhor tão logo vir que você está bem e feliz. Você está feliz, não está?

Duncan assentiu.

— Você não culpa a mamãe por tê-lo trazido até aqui?

Ele sacudiu a cabeça, e eu beijei-lhe o rosto frio, caminhando pela margem até a pedra de Andrew. Ele havia deixado um espaço para mim a seu lado. Tínhamos observado o sol se pondo daquela pedra vária vezes juntos, as cores no céu diferentes a cada noite, mas o vermelho sempre a dominante. Uma vez o amarelo espalhara-se por seu caminho e tudo se tornara laranja antes de ter terminado. Sentei-me e juntos observamos o curso da água. Percebi que Andrew tinha muito a dizer e que, se rabiscasse suas palavras no chão, elas preencheriam o deserto, estendendo-se de cacto a cacto, desaparecendo nos carriçais e surgindo do outro lado, adornando o leito do rio e, inclusive, floreando a si próprias nos ninhos vazios de barro das andorinhas.

— E então, como vão as coisas, Detetive que Antes Respondia pelo Nome de Andrew?

— É Will — disse ele. — Will Travis. Mas ainda prefiro "Andrew".

— Prazer em conhecê-lo. — Minha voz soou fria como gelo. — Você esteve fingindo o tempo todo ser outra pessoa. Quantas mentiras me contou?

— Não menti para você. Minha esposa realmente me deixou. Eu fui mesmo esfaqueado num bar. Era de fato um bêbado. Precisava realmente esquecer tudo.

— Não importa quantas verdades contou. *Você* era uma mentira.

— Menti no início. Mas depois, eu juro, não estava mais mentindo. Acreditei nas coisas em que você acreditava.

— Quem sabe se isso é verdade ou não?

— Não! Você quer me ouvir? — O tom dele era insistente. — Quer ouvir pelo bem de Duncan? Porque vou lhe dizer isto antes que você se magoe. Seu marido não ama Duncan.

Ele estava, deliberadamente, tentando me antagonizar agora.

— Você enlouqueceu. Ele é o pai de Duncan!

— Sim, sim, mas eu amo Duncan mais. Verá isso, Martha.

— Ótimo. Foi bom conversar com você. — Comecei a levantar da pedra. Ele segurou meu pulso, puxando-me de volta.

— O que ele significa para você?

— É meu marido.

Andrew fitou-me com ar de súplica.

— Eu te amo.

— David também me ama. — Eu estava presa entre dois tipos competitivos de amor, um rio comprimido por seus países fronteiriços.

— Mas eu entendo você. Ele jamais entenderá.

— Sabe de uma coisa? David nunca mentiu para mim. Nem uma vez sequer.

— Ele tentará levar você de volta. Sabe disso. O que devo fazer se ele começar a arrastar você para fora da caverna? Apenas ficar olhando de braços cruzados?

Olhei por sobre o ombro. Duncan estava deitado de costas, os braços abertos, olhando para as nuvens.

— Acho que as coisas não chegarão a esse ponto.

— Temos escolhas — disse Andrew. — Podemos escapar dele.

Quando voltei à caverna, David estava acordado e sentado na beirada de pedra do lago. Acendera o restante das velas; as chamas refletidas na água, e a luz revelando-lhe olheiras tão escuras que não podiam ser reais. Havia um longo tempo que a caverna não ficava tão iluminada. Eu podia ver os detalhes das árvores de calcita, as partes finas das formações reluzindo, alaranjadas.

As histórias naquela caverna se haviam multiplicado e juntado-se umas às outras. Todos os arquétipos tinham sido representados, todas as linhas de histórias. Elas se cruzavam e tornavam a se cruzar; bruxas namoravam generais e lobos tornavam-se capitães de navios. Princesas casavam-se com leões, pássaros descreviam círculos no fundo do mar. Poderia até se dizer que as histórias tinham enlouquecido; padrões não existiam mais; a justiça prevalecia, até certo ponto, mas sempre vinha à custa de um inocente. Eu não sabia quando as histórias tinham fugido de nós. David estava ali para impor ordem, para converter a imaginação em pedra.

— Quando você acordou? — perguntei-lhe.

— Há alguns minutos.

— Eu desci até o rio.

Ele esperou um longo tempo para falar, ou foi o que pareceu.

— Então você dormiu com ele. — Não foi uma pergunta, apenas uma constatação.

— Sim. E eu me sinto terrível com isso. — Eu havia traído meu marido duas vezes. Primeiro, a fuga e, depois, o amante.

— Lamento tanto. Jamais pensei que isso aconteceria. Eu nem sequer ia deixá-lo ficar na caverna. Eu fiz uma lança... — Desisti. A explicação soava insana.

— Não se culpe, querida. Ele se aproveitou de você. Não é mais você mesma.

— Acho que sou mais eu mesma do que jamais fui.

— Espero que não. — Ele olhou para a água. — Aquilo são peixes?

— Sim.

— Parecem engraçados.

— São cegos.

David apanhou um punhado de água e deixou-a escorrer por seus dedos. Sentei-me ao lado dele.

— Não culpo você de nada, racionalmente — disse-me. — Mas você não sabe o que essas coisas todas fizeram comigo. Acordar naquela casa vazia. Todos aqueles dias de espera, sem saber se você estava viva ou morta.

— Nunca pensei que isso o magoaria tanto. Sempre foi tão forte. Pensei que você tivesse...

David me encarou.

— Esquecido você? Esquecido Duncan? Depois que você partiu, não havia ninguém para quem eu devesse ser forte. Ninguém precisava de mim para nada. — Ele moveu a mão na água, rompendo a superfície. — Pode-se ver tudo aqui — acrescentou distraidamente. — Pode-se ver direto até o fundo.

— Nós nadamos aqui. Gosto de afundar na água e abrir os olhos.

Ele olhou em torno da caverna.

— Você está vivendo num conto de fadas.

— O que há de errado nisso?

— Não é real.

— Quem pode dizer o que é real? — Eu bati na superfície do lago, e os peixes se abrigaram na floresta de calcita. — Você nunca teve orgulho de mim, David. Ao menos, jamais disse que tinha. Você era o inteligente, o bem-sucedido. Não está nem um pouco impressionado com o fato de eu ter feito isto dar certo, de ter mantido nosso filho a salvo, de ele estar feliz, brincalhão, esperto? Não posso ter crédito por nada?

— Oh, Martha. — A voz dele soou triste e terna. — Quando você diz isso, corta meu coração.

Fazia tanto tempo que David não mencionava seu coração ou quanto poderia estar frágil. Eu quis pousar a mão em seu peito, sentir a batida daquele órgão que ele apenas começara a notar.

— Você o ama, Martha?

A urgência na voz do meu marido fez com que eu lhe pegasse a mão. Ele não a afastou. Tantas noites havia desejado vê-lo vulnerável daquele jeito, mostrando humildade e deixando transparecer intenções e esperanças. Eu quisera que ele fosse romântico daquele modo desesperado. Mas não podia fazer desaparecer a história de Andrew. E ainda enquanto entrelaçava meus dedos, fortemente, com os de meu marido, perguntei-me o que Andrew estaria fazendo, perguntei-me sobre seus pensamentos e medos. Eu o havia deixado sem lhe ter dito o que iria fazer e me perguntei qual seria a postura de seu corpo na ausência de uma resposta.

— Acho que eu o amo — falei.

David soltou sua mão da minha.

— E quanto a mim? — sussurrou. — Você me ama?

— Amo você mais, David. Mais do que a Andrew, mais do que a qualquer outro homem. Não é conveniente para mim sentir isso. Mas é verdade.

— Então, volte comigo. Eu a farei ficar bem. Eu a farei feliz. Prometo que sim. — Eu podia ver suas lágrimas, mas lembrei-me do aviso de Andrew. *Seu marido não ama Duncan.*

As velas iam ardendo, já diminuindo. Numa questão de horas, não teríamos mais nenhuma; acabariam se extinguindo num mundo que precisava delas. Minha voz era um sussurro:

— Eu farei Andrew ir embora. Este pode ser o seu lar também. Viveremos aqui juntos e seremos tão felizes, David. Prometo-lhe que seremos. Ficaria surpreso com o que se pode esquecer aqui. Você tem apenas que acreditar. Você consegue acreditar, David? Às vezes, até esqueço que Linda está morta.

Minhas palavras o fizeram levantar-se depressa.

— Oh, meu Deus — exclamou ele. — Oh, meu Deus! — Outra vela terminara. — Você acha que não quero acreditar? Acha que isso não me faria feliz? Você é tão convincente. A maneira como você é convincente me mata. Esta manhã pensei tê-lo visto sob a luz de vela. Apenas por um segundo, achei que ele fosse real.

Eu olhei para David, aturdida. Suas palavras não fizeram o menor sentido para mim. Começou a chorar novamente, e eu quis ir até ele, abraçá-lo e dizer-lhe que tudo ficaria bem, desde que tivesse fé. Mas David não tinha fé alguma, e, para prová-lo, disse, mais uma vez, o que dissera inicialmente em Ohio.

— Martha, Linda está viva! Ela não morreu naquela explosão. Duncan morreu. Nosso filho está morto.

Capítulo XXVII

Meu marido era louco. Completamente insano. Eu estava gritando com ele a plenos pulmões, tão alto que Andrew, que devia ter ficado ouvindo junto à entrada, adentrou pela caverna iluminada.

— Qual é o problema? Qual é o problema? — quis saber.

— Ele é louco! — Apontei para meu marido acusadoramente, meus pés se movendo, derrubando uma vela. — Cale-se, David! Cale-se!

— É verdade! — gritou ele. — Não posso fingir! — Virou-se para encarar Andrew. — Diga-lhe que é verdade, Will!

— Dizer-lhe o quê?

— Não fale nada! — gritei, mas David repetiu o que me havia dito, assim mesmo.

Andrew respirou fundo. A caverna ficou silenciosa, e esperamos que ele julgasse a um de nós.

— Ele não está morto — declarou Andrew finalmente.

David deu um passo na direção dele.

— Seu canalha mentiroso. Acha que está ajudando minha esposa concordando com ela? Acha que algum dia Martha melhorará dessa maneira?

— Ela está melhor — respondeu Andrew calmamente. — Está feliz. Você não deseja vê-la feliz?

— É claro que sim. Sou o marido dela. Mas isso é uma mentira!

Duncan aparecera na caverna e estava parado silenciosamente na penumbra, nos observando.

— Duncan está aqui neste instante? — perguntou David.

— Sim — disse eu.

Duncan arregalou os olhos quando apontei para ele.

David olhou para Andrew.

— E você o vê também?

— Eu não o via em princípio. Mas agora vejo. — Andrew olhou para mim. — Eu juro por Deus que o vejo, Martha.

— Querida — suplicou David. — Eu posso cuidar de você. Posso fazê-la ficar bem. Podemos recomeçar. Podemos ter outro filho.

Eu me senti calma.

— Não preciso de outro filho, David. Eu *tenho* um filho.

— Onde você disse que ele estava, Martha? — A voz de David tinha um tom estranho, e eu me arrependi de ter deixado minha medicação ser varrida pelo vento. Meu marido precisava dela agora.

— Ele está parado ali mesmo. — Eu tornei a apontar. Duncan pareceu incerto.

De repente, David estava bem diante de Duncan, erguendo a mão no ar. Ele jamais batera no filho, não lhe dera nem mesmo um tapa. Mas eu me dei conta, com horror, de que David ia tentar atravessar a mão pelo peito de Duncan.

— Não! — gritei.

David baixou a mão.

Andrew agarrou-lhe o pulso.

Ele empurrou Andrew com a outra mão. Andrew empurrou-o de volta, na direção de uma estalactite, que se partiu com um ruído alto. David caiu no chão, mas ergueu-se rapidamente e avançou para cima de Andrew.

— Parem! — gritei, mas era tarde demais. Ambos estavam esmurrando um ao outro, atracando-se no chão da caverna, velas se apagando, enquanto lutavam em gradações de sombra. Corri até Duncan, ajoelhei-me atrás dele e tapei seus olhos. Não queria que ele visse o que acontecera com nosso sonho. Andrew e David trocavam insultos, rolando no chão, formações de calcita escurecendo uma a uma. As formações ainda visíveis não se pareciam com nada exceto pedra.

A briga terminara, e não havia como dizer quem vencera ou perdera. David e Andrew estavam sentados em lados opostos da caverna, duas velas restavam acesas, uma iluminando o braço e o colo de Andrew, a luz da outra bruxuleando sobre um lado da face de David. Ninguém falou.

Duncan e eu ficamos sentados no escuro, observando os dois homens. Lamentei tanto pelas formações quebradas; eu não poderia encarar o velho outra vez. Era tão injusto, a delicadeza da calcita, os séculos empregados naquelas formas. Agora as histórias jamais seriam as mesmas.

O pavio de uma vela falhou, e o braço de Andrew foi encoberto por um clarão laranja e preto e desapareceu. O olho de David piscou do outro lado da caverna. Eu ouvi Andrew levantando-se, caminhando em minha direção e, então, passando por mim ao deixar a caverna. Duncan soltou-se com gentileza dos meus braços e seguiu-o. Eu o deixei ir. Eu sabia que Andrew ia descer até o rio, onde meu bote de borracha estava escondido num carriçal. Ele o verificara uma semana antes, dissera que estava sujo e esvaziara, mas não continha perfurações. Ele iria inflar o bote, devolvê-lo a sua forma anterior, colocá-lo no rio e navegar até o México.

Pareceu triste mas necessário observar o rosto de David sob a luz da vela, e não tentei deixar de sentir meu amor por ele. Eu não havia chorado desde o dia da bomba, mas me permiti fazê-lo agora, enquanto grilos da caverna saltitavam ao redor, sombras se moviam pelo rosto de David, e a primeira gota restauradora de água desceu pela estalactite quebrada e começou o trabalho de reconstrução.

— É bom olhar para você, David — falei, finalmente. — Eu o estive observando sob a luz da vela. Você é tão bonito. Sempre foi.

Ele pegou a última vela e gatinhou até perto de mim, segurando a luz próxima ao meu queixo, de modo que senti o calor espalhando-se por meu rosto.

— E você, Martha — disse ele — é bonita.

David tinha um corte no rosto, o nariz ensangüentado.

— Lamento quanto a Andrew — disse-lhe. — Nunca tive a intenção de ser infiel a você. Mas preciso dele agora, você não vê?

David colocou a vela no chão entre nós e segurou meu rosto.

— Temos um ao outro.

— Isso era o bastante antes de Duncan ter nascido. Não é mais agora.

— Não me deixe.

— Eu tenho de fazê-lo.

— Para onde você vai?

— Para o México.

— Oh, Martha. — As mãos de David eram quentes em torno do meu rosto. A luz da vela subia por entre os antebraços dele e espalhava-se por seus olhos.

— Não quero deixar você, David, quando está doente. Mas não tenho escolha. Acha que melhorará algum dia?

— Eu não sei. Fico me perguntando o mesmo sobre você.

— Lembra-se da manhã em que levaram Duncan até a mim? Era um bebê tão lindo. Então você entrou no quarto, e a enfermeira o colocou em seus braços. Você estava tão entusiasmado. Observei vocês dois da minha cama de hospital. Quem teria pensado que a mesma criança que nos uniu acabaria nos separando?

Ninguém podia nos ver ali embaixo. Toneladas de pedra calcária cobriam nosso casamento, e eu não tinha que seguir nenhuma regra sobre separação. Então, eu o beijei, até que a chama entre nós aqueceu demais meu cotovelo direito para que eu continuasse. Levantei-me, a escuridão esfriando meu rosto e minha boca, e deixei a caverna.

Havia descido até metade da ribanceira quando ouvi os passos de David atrás de mim.

Andrew e Duncan achavam-se junto à margem do rio. Duncan nos viu e acenou. Andrew inflara o bote e o mantinha na água reluzente, a corda amarrada em torno de um galho de árvore para impedi-lo de se afastar. A lua cheia despontara, juntamente com milhões de estrelas. Na vez anterior em que o céu estivera tão brilhante fora quando Duncan e eu tínhamos observado nosso carro explodir em chamas.

Quando cheguei à margem do rio, vi que Andrew tinha sangue na camisa. Ele não disse nada. Sabia que eu havia feito minha escolha.

— Você está pronto para ir, querido? — perguntei a Duncan.

— Sim.

— Iremos para um lugar novo, meu amor. Um lugar bonito, filho, mais bonito até do que nossa caverna. Você gostaria disso?

— Sim — respondeu ele, mas olhava para David, que ainda se esforçava para descer a ribanceira. — Papai não irá conosco?

— Não, querido. Seu pai está triste demais para ir.

— Mas ele nos visitará?

— Talvez algum dia. — Disse-lhe aquilo porque a verdade o teria magoado demais, e eu era sua mãe. Eu sabia o que dizer e o que não. Duncan entrou na água. O bote não se moveu quando ele subiu e acomodou-se em seu lugar de costume.

— Martha! — chamou David.

Andrew estendeu sua mão para mim.

— Vamos — disse-me.

Olhei para trás e vi David correndo em nossa direção. Andrew e eu entramos no rio e subimos no bote no momento em que David chegava à margem.

— Martha! Martha! — gritou meu marido desesperadamente. — Não vá, querida. Por favor, não vá! — Ele avançou pela água. Andrew cortou a corda, e a correnteza levou o bote.

— Volte! — avisei a David, mas ele começou a nadar, braçadas frenéticas, enquanto o bote ganhava velocidade, e meu amor por ele me oprimiu, o rio nos levando na direção do cânion, a luz das estrelas refletindo-se tão intensamente sobre a água que tive de proteger meus olhos.

— Depressa, papai! — gritou Duncan, encorajando-o.

— É tarde demais, querido — disse eu. Passamos por uma curva no rio, e David desapareceu.

Talvez eu o tenha imaginado.